POUR TOUJOURS ET À JAMAIS

DES RISQUES À PRENDRE

J.H. CROIX

   Réalisé avec Vellum

Chapitre Un

ELIAS

Novembre

— Vous avez de la visite, Elias, me prévint l'infirmière d'un air enjoué.

Je dus me faire violence pour ravaler mon envie de l'envoyer paître et forçai un sourire.

—Je n'attendais personne, répondis-je.

— Je pense que cette visite impromptue devrait vous faire plaisir dans ce cas, sachant que le café qu'on sert ici est un vrai tord-boyau.

Je ne connaissais pas le nom de cette infirmière. Je ne l'avais jamais vue. Même si je n'étais hospitalisé que depuis trois jours, j'avais déjà retenu les visages des soignants qui s'occupaient normalement de moi.

Je fermai les yeux en me ratatinant contre mes oreillers. Je détestais être à l'hôpital. La douleur qui émanait de mon flanc m'agaçait, et je voudrais déjà pouvoir être dehors. Et voilà que maintenant, j'avais de la visite. J'espérais seulement que cette personne m'aimait assez pour ne pas être vexée par mon humeur de chien.

— Elias ? m'appela une voix douce.

Je me creusai les méninges une seconde. Je connaissais cette voix. Un frisson traversa mon corps fatigué et douloureux. Puis je devinai de qui il s'agissait. Cammi Taylor. J'ouvris les yeux alors qu'elle pénétrait dans ma chambre d'hôpital en fermant la porte derrière elle. Elle avait un gobelet de café à la main et je salivai presque aussitôt à sa vue, parce que je savais que Cammi faisait le meilleur café de la ville. De tout l'Alaska même, selon moi. Sachant que j'avais voyagé dans tout l'État et visité une pléthore de cafés, même les plus modernes des grandes villes, mon opinion était fondée sur de sacrées recherches.

Elle se tourna et ses yeux bleus s'illuminèrent en constatant que j'étais réveillé.

— Coucou, dit-elle en approchant. Je t'ai apporté du café.

Je me redressai et maudis en silence l'effet que Cammi avait sur moi. Je me sentais comme électrisé chaque fois qu'elle était près de moi. Je fréquentais son café depuis près de cinq ans déjà. Il était impossible de manquer le *Red Truck Coffee* lorsqu'on prenait la route pour l'hôpital. Un vieux food truck où on servait un délicieux café accompagné des sourires agréables de Cami. J'avais commencé à y aller pour le café, mais je commençais à me demander si, désormais, ce n'était pas Cammi qui m'y attirait comme un aimant. Chaque fois que je la voyais, je devais me faire violence pour maîtriser la réaction violente de mon corps.

Lorsque je l'avais rencontrée pour la toute première fois, elle avait les cheveux courts. Elle les avait laissés pousser depuis et elle avait maintenant un carré, qui dansa dans les airs lorsqu'elle prit place sur le fauteuil à côté de mon lit et me tendit son mythique gobelet rouge.

— Tiens.

J'ignorai l'éclair de douleur qui me foudroya sur place lorsque je le pris. Je bus une gorgée et poussai un gémissement de plaisir. Une saveur riche et profonde ; de la décadence liquide.

J'ouvris les yeux et croisai son regard, puis mes lèvres s'étirèrent en un sourire spontané.

— Merci. Le café qu'ils servent ici est dégueu.

Le rire de Cammi était telle une douce mélodie et il affola mon cœur.

— Ils font ce qu'ils peuvent, mais je pense que leur priorité est de prendre soin de leurs patients. Comment tu te sens ?

Elle me scruta, l'air inquiet.

Même si ma blessure me faisait un mal de chien, je n'avais pas envie de m'en plaindre. Être à l'hôpital me faisait me sentir faible et sans défense, et je détestais cette impression.

Je haussai une épaule.

— Ça va. Mieux maintenant que tu m'as apporté ça.

Je bus une autre gorgée de café, puis tentai de redresser mes oreillers pour m'installer plus confortablement, en vain. Cammi se leva aussitôt.

— Attends Elias, laisse-moi faire, murmura-t-elle.

Elle se pencha pour redresser mes oreillers et je fermai les yeux. Lorsque je pris une grande inspiration, l'odeur de Cammi m'emplit mes narines. Elle avait une odeur de sucre et de café. Bon sang, cette fille me rendait dingue.

J'abhorrais me sentir si vulnérable là, dans ce lit d'hôpital. Depuis que je m'étais réveillé ici, je n'avais de cesse de me quereller avec le médecin afin qu'il autorise ma sortie.

Je fus à la fois déçu et soulagé que Cammi s'éloigne. Évidemment, elle avait parfaitement arrangé les coussins pour me permettre d'être à l'aise.

Elle se pencha, son visage à quelques centimètres du mien lorsqu'elle me demanda :

— C'est mieux ?

L'air crépita autour de nous. Ses splendides yeux bleus me rappelaient l'océan qui scintillait sous les rayons du soleil. Mon regard se posa sur ses lèvres charnues. Dire que j'étais là, allongé dans un lit d'hôpital, grognon et sans doute désagréable, et à quelques centimètres à peine d'un baiser renversant.

Je ne me rendis même pas compte que je ne lui avais pas répondu avant qu'elle se mette à rougir furieusement.

— Elias ? insista-t-elle.

Ah, oui. Je m'étais laissé distraire par ses lèvres. Je retrouvai son regard et m'éclaircis la gorge.

— Oui, oui, c'est mieux. Merci.

Cammi se rassit.

— Je t'apporterai du café demain aussi. À moins que tu sortes avant ?

Je récupérai mon gobelet à café posé sur ma table de lit. Il allait me falloir une nouvelle gorgée du délicieux élixir de Cammi. Je bus une grosse gorgée de café et posai mon gobelet avant de pousser un long soupir.

— J'en sais rien.

— Il ne faut pas sortir avant d'être prêt en tout cas, répondit-elle.

— Mais je suis prêt.

Ses lèvres tressautèrent et je ravalai un sourire, moi aussi. Même si je n'avais aucune envie de l'admettre, je savais qu'elle avait raison. Je m'autorisai malgré tout à rire un peu, et grimaçai presque aussitôt.

— Oh, dit-elle en plaquant une main sur son cœur. Désolée. Je ne voulais pas te faire rire.

Elle avait l'air si inquiète que je me sentis obligé de la rassurer.

— Tu ne m'as pas fait rire. C'est moi tout seul, qui me suis fait rire. J'ai juste hâte de sortir d'ici. La rumeur raconte qu'on me relâcherait peut-être demain après-midi.

— Je t'apporterai du café demain matin, dans ce cas. Ça te donnera un petit coup de fouet avant de rentrer.

Une vague d'inquiétude traversa soudain son visage et elle fronça les sourcils.

— Attends, t'as le droit au café, au moins ? L'infirmière a vu que je t'en apportais, mais elle s'est peut-être dit que c'était pour moi.

Cammi s'apprêta à se lever et je devinai aussitôt qu'elle allait appeler l'infirmière pour lui poser la question.

— J'ai le droit au café, aboyai-je. Rassieds-toi.

Elle s'exécuta rapidement.

— T'es sûr ?

— Sûr de quoi ?

Ce fut ce moment que le médecin choisit pour entrer, l'air si jeune qu'il semblait tout juste sorti de la fac. Il nous regarda tour à tour, Cammi et moi.

— Ravi de voir que vous avez de la visite, commenta-t-il en entrant.

Je sentis mon visage s'assombrir. J'étais perpétuellement agacé depuis que j'avais atterri ici après l'accident. L'avion dans lequel je me trouvais avec l'un de mes amis s'était écrasé quelques jours plus tôt. Rien de très grave, et lui s'en était tiré avec quelques égratignures alors que moi, je m'étais cassé la cheville et avais été coupé par un gros bout de métal. J'étais toujours convaincu qu'on aurait dû me renvoyer chez moi après mon opération.

Cammi, bien sûr, sourit. Elle était bien plus agréable que moi.

— Bonjour. Comment va Elias ?

— Nous devrions pouvoir le libérer demain si sa prise de sang est bonne.

Le médecin me lança un regard sévère en s'arrêtant au pied de mon lit. Puis il pianota sur la tablette qui semblait être collée à sa main.

Lorsque je lançai un regard à Cammi de nouveau, puisque j'étais incapable de m'en empêcher, mon cœur bondit comme il le faisait chaque fois que nos yeux se trouvaient. Je doutais pouvoir y faire quoi que ce soit.

Elle me lança un sourire encourageant.

— C'est super. Il est sous traitement pour la douleur ? Parce qu'il n'a pas l'air très bien.

— Je vais bien, rugis-je. Je n'ai *pas* besoin d'autre chose pour ma douleur.

Cammi ignorait que j'avais failli devenir accro aux antidouleurs à une époque. Harassé de douleur après l'accident qui avait tué l'un de mes amis et avait précipité la fin de ma carrière dans l'Air Force, j'étais tombé au fond du trou. Les antidouleurs que je prenais étaient tel un petit bout de paradis à l'époque, une façon d'oublier la douleur et toutes les pensées qui hantaient mon esprit.

Et même si le médecin de l'hôpital me rendait dingue, il semblait comprendre pourquoi je refusais tout traitement et n'avait pas insisté pour me prescrire quoi que ce soit.

— Tout va bien. Il est juste un peu grognon, répondit le médecin avec un sourire taquin. Mais personne n'est jamais vraiment ravi de séjourner à l'hôpital. Je suis heureux d'apprendre qu'il a une petite amie aimante pour prendre soin de lui.

Je manquai de m'étouffer sur ma salive alors que Cammi écarquillait les yeux, les joues cramoisies. Elle ouvrit la bouche pour lui répondre, mais fut prise de cours par son buzzer.

— Je repasse plus tard.

Sur ces mots, il s'éclipsa.

— Je lui dirai que tu n'es pas ma copine, t'inquiète, marmonnai-je.

Cammi haussa les épaules, le regard braqué sur moi. Je détestais me sentir faible. Je détestais avoir mal. Et je détestais que tout le monde s'en rende compte. Pire encore, Cammi me donnait l'impression de lire en moi comme dans un livre ouvert et ça me rendait dingue.

— C'est un petit quiproquo de rien du tout. Mais je t'en prie, clarifie les choses si tu veux.

Elle fit la moue, l'air blessée et je me sentis aussitôt coupable.

— Ce n'est pas ce que je voulais dire, Cammi. Désolé, je sais que je ne suis pas facile à vivre et que je me comporte en vrai connard, dis-je en toute sincérité.

Chapitre Deux

CAMMI

Elias avait l'air de se sentir vraiment coupable. Bon sang, cet homme était un vrai danger public. Il était là, assis dans son lit d'hôpital, sa blouse presque transparente peinant à dissimuler les muscles puissants de ses bras et de ses épaules.

Ses cheveux blonds étaient ébouriffés et lui tombaient presque sur les épaules. Ses yeux chocolat étaient braqués sur moi. Je m'autorisai à le reluquer une seconde. Il avait la peau hâlée, même en plein milieu de l'hiver. Le simple fait d'être près de lui affolait ma féminité. Elias me faisait toujours cet effet.

Son visage était un véritable chef-d'œuvre ; pommettes marquées, mâchoire forte et franche, et une fossette au milieu du menton. Il avait un regard perçant et ses lèvres étaient l'incarnation même de la sensualité. Le simple fait de le regarder me faisait saliver. Il aurait été logique qu'il ait l'air moins viril là, à l'hôpital. Il était tout de même *blessé*. Aussi, je tentai de convaincre mon corps de se calmer, en vain.

Bien sûr, s'agissant d'Elias, il ne s'était pas retrouvé à l'hôpital pour un petit accident de rien du tout. Non, même la raison de son hospitalisation était à la fois dangereuse et excitante. Il avait survécu à un crash aérien avec l'un de ses amis. Elias avait bravé le froid de l'hiver et était resté éveillé jusqu'à ce qu'on vienne le secourir avec des côtes fêlées, une cheville cassée et une grosse coupure au niveau du flanc, selon la personne qui m'avait renseignée.

Mais même blessé et dans un lit d'hôpital, Elias avait *encore* un effet fou sur moi. Tout mon corps s'embrasait chaque fois que je posais les yeux sur lui. Mes hormones s'affolaient et ma libido se mettait à danser la lambada. Pour autant que je le savais, ces sentiments étaient à sens unique.

Je n'étais pas venue voir Elias à l'hôpital avec une quelconque intention cachée. J'avais appris à mieux le connaître au fil de ses visites presque quotidiennes à mon café. Même s'il était habituellement grognon, c'était un client fidèle qui laissait toujours de très généreux pourboires, genre cinq dollars pour un café à trois dollars. Il avait beau dire que nous n'étions pas amis, je le voyais pourtant comme l'un de mes proches. Après tout, le monde était minuscule dans notre petite ville de Diamond Creek, en Alaska.

— Ce n'est rien. Je sais que je ne suis pas ta copine, je ne me faisais pas d'idées là-dessus, plaisantai-je en m'efforçant de faire preuve de légèreté.

— Je le sais bien, répliqua-t-il un peu sèchement. Je déteste être là, ça me rend encore plus grincheux que d'habitude.

— Tu n'es pas grincheux, et tu sors demain, répondis-je, le cœur serré par son air de petit garçon perdu. Et je t'apporterai un café demain, c'est promis. Ça te remontera le moral.

— C'est gentil, merci. Comment ça va de ton côté ?

— Ouh, attention. Tu risques de regretter cette question, j'ai plein de trucs à te raconter.

Elias me fixa en silence si longtemps que je me demandai un instant si je n'avais pas imaginé l'étincelle que j'avais aperçue dans ses yeux. Sûrement, si. Je devais forcément me faire des idées.

La porte s'ouvrit de nouveau et Flynn Walker entra dans la chambre à grandes enjambées. Flynn était un homme renversant lui aussi ; grand et élancé avec des cheveux châtain et des yeux d'un bleu givré. Il avait beaucoup de succès auprès des femmes.

Mais il était déjà pris. Du moins, c'était ce que je n'avais de cesse de répéter à quiconque voulait l'entendre. Il était fou amoureux de Daphné Bell, la cheffe du restaurant qu'il gérait aux abords de Diamond Creek. J'étais ravie pour eux.

Flynn pilotait des avions avec Elias, et la rumeur disait qu'ils avaient servi dans l'Air Force ensemble, ainsi qu'avec le reste des pilotes qui travaillaient pour Flynn. Flynn portait un jean usé assorti d'un T-shirt bleu marine qui faisait ressortir ses yeux. Il se posta à côté du lit et son regard croisa le mien avant de se poser sur Elias.

— Il est gentil avec toi ? demanda-t-il, un sourire taquin aux lèvres.

— Très, répondis-je affectueusement.

— J'étais juste un peu ronchon, intervint Elias. J'ai même laissé croire au médecin que c'était ma copine.

Flynn écarquilla les yeux à ces mots, à un point tel que c'en était presque comique.

— Eh ben. C'est peut-être *vraiment* ta copine, alors.

Elias rit, mais il s'arrêta aussitôt en grimaçant.

— Vas-y quand même doucement, dit Flynn.

— Mes côtes me font un mal de chien.

— Je compatis, répondit Flynn en se tapotant le

flanc. Je m'en suis fêlé quelques unes, moi aussi. Ça me fait encore mal.

— Oui, mais toi tu n'es pas coincé dans un foutu hôpital, marmonna Elias.

— Tu n'es là que depuis trois jours, mon pote, dit Flynn.

— Oui, mais toi t'es libre. T'as pu passer la nuit chez toi, rétorqua Elias.

— Peut-être mais bon, ce n'est pas moi qui me suis fait planter par une branche et un morceau de métal.

Elias leva les yeux au ciel en soupirant.

—Je vais avoir une sacrée cicatrice.

— Ça peut être sexy, les cicatrices. Pas vrai, Cammi ? demanda Flynn en se tournant vers moi.

— Je préférerais quand même que mes amis ne frôlent *pas* la mort, répondis-je honnêtement.

— Bon allez, montre-moi ça, exigea Flynn en se rapprochant du lit.

J'eus l'impression que tout mon corps s'embrasait alors qu'Elias glissait le bras hors de sa blouse d'hôpital pour révéler son torse et son ventre à mon regard curieux. Je ne l'avais jamais vu torse nu. J'avais maintenant la preuve que ses muscles étaient parfaitement dessinés. Mes doigts se mirent à picoter. Bon sang. Dire que je me laissais chambouler par un mec dans un lit d'hôpital.

Elias écarta davantage sa blouse et mon souffle se coupa. Une cicatrice qui devait faire une vingtaine de centimètres courait le long de son flanc, de sa taille à son aisselle. La blessure avait été refermée proprement et elle semblait être en bonne voie de guérison, mais le simple fait d'imaginer ce à quoi elle avait dû ressembler avant d'être recousue m'emplissait d'effroi. Il y avait encore des bleus tout autour de la cicatrice.

Flynn siffla, l'air parfaitement impassible face à la blessure d'Elias.

— Aïe. Les bleus ne sont pas beaux, mais ça veut dire que c'est en train de dégonfler. Tu guéris, commenta-t-il, encourageant. Donc il y a ça et tu t'es cassé la cheville aussi, c'est ça ?

Elias acquiesça.

— Ouaip. Ils m'ont mis une broche dans la cheville et ils ont aussi dû refermer une entaille sur ma rate.

Mon cœur se serra dans ma poitrine et je fus aussitôt tentée de ramener Elias chez lui pour l'enrouler dans une couverture bien chaude et le gaver de thé et de petits gâteaux. Les émotions que m'évoquait Elias me donnaient l'impression d'être folle ; oscillant entre désir ardent et ce besoin soudain et profond de prendre soin de lui. Comme si Elias avait besoin que quiconque prenne soin de lui.

— Ta sortie de prison est prévue à quelle heure demain ?

La question de Flynn m'arracha à mes pensées.

— Le médecin a dit que je sortais l'après-midi. Ils veulent me faire une prise de sang avant de me libérer.

— J'ai prévu de lui amener du café le matin pour le mettre de bonne humeur, intervins-je.

Flynn rit.

— Daphné a prévu de lui préparer un bon petit plat pour le dîner. T'es sacrément gâté, dis-moi.

— Je vais m'installer dans l'autre maison, marmonna Elias.

— Hors de question, rétorqua Flynn. Une infirmière a appelé ce matin pour vérifier qu'il y aurait bien quelqu'un pour changer tes bandages, et je te rappelle que tu ne peux pas t'appuyer sur ta jambe. Daphné va t'installer en bas. Comme ça, tout le monde est gagnant.

— D'accord, je sais que t'adores Daphné et je la trouve géniale, mais en quoi je suis gagnant moi, là-dedans ?

— T'auras un lit en bas et des petits plats délicieux. Sans oublier tous tes amis pour te rendre visite.

Mon téléphone sonna et je le sortis de mon sac à main. Je vis le nom de mon amie Susie s'afficher à l'écran et je me levai en leur lançant un regard.

— Je devrais y aller. On se voit demain, dis-je en adressant un dernier sourire à Elias.

Chapitre Trois

ELIAS

— Pourquoi ? s'enquit Daphné.

— Parce que je n'en ai pas besoin, marmonnai-je en m'efforçant de ravaler ma frustration.

Flynn choisit ce moment pour pénétrer dans la pièce. Son regard se posa sur moi avant d'aller trouver celui de Daphné.

— Ma puce, je sais que tu voudrais qu'il prenne des antidouleurs, mais il a décidé qu'il n'en voulait pas.

La petite amie de Flynn poussa un soupir frustré.

— Bon, comme tu voudras. Je vais te faire tes muffins préférés, dans ce cas.

Un sourire gêné étira mes lèvres.

— Avec plaisir. Ils sont délicieux, ça devrait me remonter le moral.

Elle approcha de mon lit pour réajuster mes oreillers.

— Tu n'as pas mal à la jambe, ça va ? demanda-t-elle en se redressant.

Je scrutai Daphné, cette femme qui avait su conquérir le cœur de Flynn. Il avait l'air d'en être encore surpris parfois. Il l'appelait sa princesse, parce que c'était ce à quoi elle ressemblait. Ou plutôt, l'impression qu'elle donnait. Elle était toujours très élégante avec ses cheveux auburn et ses splendides yeux verts, même lorsqu'elle s'habillait de façon décontractée. C'était aussi une très bonne cuisinière et elle rendait notre vie à tous plus belle, surtout parce qu'elle adorait prendre soin de nous. Flynn avait trouvé la perle rare avec cette jeune cheffe prometteuse qui aurait pu ouvrir un restaurant dans n'importe quelle ville d'Alaska et connaître un succès éblouissant.

— Ma jambe va très bien, répondis-je.

C'était vrai. Ma cheville me grattait un peu, mais ça n'avait rien d'anormal.

Elle me lança un autre sourire.

— Très bien. Je repasse tout à l'heure.

Daphné s'éclipsa, me laissant seul avec Flynn.

Flynn Walker était l'un de mes meilleurs amis, ainsi que mon patron. Il prit place dans le fauteuil que Daphné, en parfaite infirmière, avait installé à côté de mon lit. Son regard se posa sur ma cheville qui était dans un putain de plâtre. Il se passa la main dans les cheveux en s'enfonçant dans son siège.

Flynn et moi avions servi dans l'Air Force ensemble. En dehors du frère de Flynn et de sa sœur, Nora, qui était encore en formation pour devenir pilote, nous nous étions tous rencontrés dans l'Air Force. Flynn avait arrêté deux ans avant moi pour rentrer prendre soin de ses frères et sœurs à la mort de leur mère. Le père de Flynn avait disparu depuis longtemps, et son beau-père, le père de ses frères et sœurs, était mort quelques années plus tôt. D'une certaine façon, Flynn était le père qu'ils n'avaient jamais eu. Il avait su recoller les morceaux et faire fleurir son auberge-restaurant.

Travailler ici était un rêve pour moi. Je passais tout mon temps dans les avions et j'adorais voler au-dessus de l'Alaska. Le paysage était toujours époustouflant, peu importe où l'on se dirigeait.

Le regard dur de Flynn croisa le mien.

— Comment ça va ?

Je haussai une épaule.

— Ça va.

Il rit.

— Je sais que ça te saoule, mon pote. Mais tu seras vite sur pied. Comment est la douleur ? Vraiment ?

— Tolérable.

Flynn était l'une des rares personnes à être au courant de ma promiscuité avec les antidouleurs. Je ne voulais pas en prendre du tout. Je préférais encore supporter la douleur plutôt que de retomber dans mes vieux travers.

Si ces petites pilules pouvaient avoir un effet presque magique sur la douleur, elles avaient aussi tendance à embrouiller le cerveau. Je préférais ne pas réveiller mes vieux démons.

— Tu sais, ça aiderait si tu expliquais à Daphné pourquoi tu ne veux pas prendre de cachets. Elle ne t'embêterait plus au moins.

Je poussai un soupir tremblant en m'enfonçant dans mes oreillers.

— Je sais que tu l'aimes, frérot, mais je déteste parler de ces conneries.

— Je ne te suggère pas de lui en parler parce que je l'aime, mais parce qu'elle comprendrait. Elle a traversé l'enfer, elle aussi. Elle ne te jugerait pas. Et au moins si elle savait, elle ne te prendrait pas la tête.

— J'y réfléchirai.

— Le médecin t'a dit jusqu'à quand tu devais garder ton plâtre ? demanda-t-il pour changer de sujet.

— Six à huit semaines. Je serai vite remonté en selle, répondis-je.

— Tu ne piloteras aucun avion tant qu'un médecin ne t'y aura pas autorisé, rétorqua Flynn alors que Diego entrait dans ma chambre.

Diego Jackson était un autre de nos amis de l'Air Force. Comme moi, lorsque Flynn lui avait proposé de devenir pilote en Alaska, il n'avait pas hésité un seul instant.

Diego rit, une lueur au fond des yeux alors qu'il nous regardait, Flynn et moi.

— Flynn ne rigole pas avec ça. Mais je serais ravi de t'avoir comme copilote, même avec ton plâtre.

Flynn le fusilla du regard.

— Arrête tes conneries, tu veux ?

Diego vint se poster à côté de mon lit et tapota l'épaule de Flynn.

— Je voulais juste t'embêter un peu. Daphné est en train de préparer tes muffins préférés, Elias. Elle dit qu'ils seront prêts dans une heure.

Flynn se leva et s'écarta du fauteuil sur lequel il était assis avant de le pointer du doigt.

— Tiens donc un peu compagnie à M. Grincheux, tu veux ? J'étais juste venu te dire que je devais passer en ville, aujourd'hui. T'as besoin de quoi que ce soit ?

— De quoi est-ce que je pourrais avoir besoin alors que je ne peux rien faire ? grognai-je.

Diego se laissa tomber sur le fauteuil.

— Il y a plein de trucs que tu peux faire. T'as des béquilles que je sache, non ?

Je levai les yeux au ciel. Flynn se tourna pour s'en aller, puis s'arrêta à la porte.

— Envoie-moi un SMS si tu penses à quoi que ce soit. Je dois passer au supermarché avant de rentrer.

— Oublie pas les bières, s'exclama Diego.

— Pas besoin de me le rappeler, répondit Flynn en nous saluant d'un geste de la main avant de s'éclipser.

Diego balaya la pièce du regard avant de se tourner vers moi.

— Daphné a bien arrangé la chambre, dis donc.

Ils m'avaient installé dans la seule chambre de l'auberge située au rez-de-chaussée. Lorsque Daphné avait séjourné ici en tant que cliente, elle était d'abord restée à l'étage, où la grande majorité des chambres étaient situées. Elle avait allongé son séjour lorsque Flynn avait fait fuir un énième chef, et s'était installée ici avant que Flynn et elle ne s'avouent leurs sentiments. J'avais beau être agacé par la situation, j'étais plus qu'à l'aise dans mon lit moelleux avec ma couverture toute douce et assez de coussins pour cinq personnes.

— Je ne m'en attendais pas à moins venant d'elle.

Diego sourit.

— Elle t'a même donné du rab de coussins, on dirait. J'en veux bien quelques-uns, si t'en as trop.

Je pris un coussin de mon bras valide et le lui lançai. Il le rattrapa au vol en riant.

— Je suis content que tu ailles bien mon pote, dit-il, retrouvant son air sérieux.

— Merci. Je vais assez bien pour être grincheux. Je me fais chier.

Diego me scruta en silence un instant.

— C'est toujours bon signe de s'ennuyer.

Il pointa du doigt l'écran plat monté sur le mur en face du lit.

— Profites-en pour regarder tes séries préférées.

Je levai les yeux au ciel et il pointa du menton les fenêtres. Ma chambre donnait dans deux directions différentes ; les arbres et un champ avec l'océan et les montagnes en fond.

— T'as une belle vue, au moins.

Je ravalai ma réponse méprisante. Je refusai de me défouler sur lui, même si j'étais frustré.

Un sourire taquina ses lèvres.

— Allez, tiens le coup. T'es en bonne voie de guérison. Comment est la douleur ? demanda-t-il.

Je fus tenté de rugir, mais cela ne me semblait pas raisonnable. Tout comme Flynn, Diego était au courant de mon bref écart avec les opiacés.

— Ça va.

Diego me regarda en silence un long moment et je me forçai tant bien que mal à rester impassible. C'était un bon ami, l'un de mes meilleurs amis même, toujours prêt à me tendre la main. Mais il était aussi très observateur, ce qui avait tendance à me rendre dingue.

— Tant mieux. Tu n'as pas à te comporter en connard avec tout le monde, tu sais.

— Ce n'est pas ce que je fais, protestai-je.

Diego haussa un sourcil.

— T'es toujours un connard avec tout le monde, mon pote. Si t'as besoin de quoi que ce soit, n'hésite pas.

Sur ces mots, la porte de ma chambre s'ouvrit de nouveau et Nora, la sœur de Flynn, entra.

— Coucou, dit-elle alors que son regard passait de moi à Diego. Pourquoi t'as un coussin sur les genoux ?

Diego haussa les épaules, un petit sourire aux lèvres.

— On a fait une bataille d'oreillers et Elias a perdu.

Nora rit avant de nous rejoindre pour me tendre une tasse à café.

— Il vient de finir de couler. Il ne sera pas aussi

bon que celui de Cammi, mais Daphné l'a fait bien fort rien que pour toi.

Je pris la tasse qu'elle me tendait et j'y bus une grosse gorgée, les yeux fermés pour mieux le savourer.

— Il est délicieux, merci, dis-je en rouvrant les yeux.

Nora avait coiffé ses cheveux bruns en une queue de cheval, et des mèches volèrent alors qu'elle se laissait tomber au pied de mon lit. Elle était la seule Walker à avoir des yeux chocolat assortis à ses cheveux.

Ils se posèrent sur moi.

— Comment est la douleur ?

— Oh bordel, marmonnai-je. T'es la troisième personne à me poser cette question en dix minutes. Ça va. L'aspirine fait des miracles.

Nora fronça les sourcils en me regardant.

— Pas besoin d'être méchant. Je te rappelle que tu t'es fait planter par un morceau de métal, ce n'est quand même pas rien. Je voulais juste savoir si ça allait.

Je me sentis aussitôt coupable de m'être emporté.

— Tout va bien, je te le promets. Je vais rester allongé bien tranquillement à regarder la télé et avec un peu de chance, je me débarrasserai bientôt de ces maudites béquilles.

— Tu t'es douché aujourd'hui ?

Ma panique devait se lire sur mon visage puisqu'elle rit.

— Je n'ai pas prévu de te laver. Je voulais juste savoir si tu avais besoin d'aide pour enjamber la baignoire.

Diego éclata de rire.

— Comme s'il allait accepter qu'on l'aide.

Nora me lança un regard inquiet.

— Je ne vois pas où est le problème. On a même de quoi protéger ton plâtre.

— Je sais, je sais, dis-je dans un soupir.

Mes amis faisaient tout ce qu'ils pouvaient pour m'aider, mais je détestais avoir besoin de quiconque.

— Laisse-moi boire mon café et manger l'un des muffins que Daphné est en train de préparer et après je ne serais pas contre un coup de main.

Chapitre Quatre

CAMMI

L'enfant assise sur mes genoux me tira les cheveux de toutes ses forces en poussant un cri strident, un éclat de rire aux lèvres.

— Doucement, dis-je en empoignant sa main.

Je fis diversion avec une girafe en peluche qui sembla aussitôt fasciner Iris, la fille de mon amie Susie Winters. Elle la prit pour aller jouer un peu plus loin par terre.

— C'est pour ça que j'ai pris l'habitude de m'attacher les cheveux, m'expliqua Susie en pointant du doigt sa queue de cheval.

— C'est les risques du métier, j'imagine, répondis-je.

Je me levai et traversai la pièce pour aller m'asseoir à la table où Susie était en train de pianoter sur son ordinateur.

Susie était une bonne copine. Nous avions grandi ensemble à Diamond Creek. Ces derniers temps, j'avais l'impression que sa vie s'était follement accélérée alors que la mienne était restée bloquée sur image.

— Sur quoi est-ce que tu travailles ? demandai-je en me recoiffant.

Par réflexe, Susie lança un regard à sa fille qui avait abandonné sa girafe pour se mettre à jouer avec des blocs de construction en bois. Puis elle se tourna vers moi et répondit :

— De la compta. Je ne fais que ça en ce moment. Là, je fais les comptes de Jared et de ses frères. Les rapports trimestriels sont dus le mois prochain et j'aime bien tout préparer en avance. Je prends la tête à tous mes clients avec ça.

— Je doute que tu prennes la tête à Jared, la taquinai-je.

Le mari de Susie rentra à cet instant, comme s'il avait été conjuré par notre conversation.

— Bonjour mesdames, nous salua-t-il.

Jared Winters glissa ses lunettes sur le haut de sa tête en approchant pour donner un baiser à Susie. Celui-ci fut rapide, mais ses lèvres s'attardèrent un instant malgré tout et je me sentis forcée de détourner le regard, gênée d'assister à un tel moment d'intimité.

Jared se redressa pour aller prendre Iris dans ses bras tout en me demandant :

— Comment ça va, Cammi ?

Iris rit en tapotant la joue de son papa.

— Coucou, ma puce.

Il lui donna un gros bisou alors qu'elle s'agrippait au col de sa chemise noire.

— Ça va, répondis-je alors qu'il se tournait vers moi. Bon sang, ce qu'elle te ressemble !

Jared avait de profonds yeux verts et des cheveux de jais. Il était charmant et pouvait même être intimidant lorsqu'il prenait un air sévère. Iris avait les mêmes yeux verts et cheveux d'encre que lui.

— Ouais, hein ? dit Susie en souriant. On n'a pas de doute sur la paternité comme ça, au moins.

Jared leva les yeux au ciel.

— Comme si quiconque avait le moindre doute.

Susie lui tira la langue.

— Arrête voir de frimer, tu veux ?

Je ris, m'efforçant d'ignorer mon sentiment de jalousie. Non pas que je m'intéressais à Jared, d'autant que j'adorais Susie, mais je rêvais d'avoir ma propre famille moi aussi, et je doutais que la chance se présente à moi de si tôt. J'avais toujours été incroyablement malchanceuse en amour, et je me remettais tout juste de mon dernier désastre en date.

— Jay fait la sieste ? demanda Jared.

Susie acquiesça.

— Ouaip. Il s'est endormi juste après l'arrivée de Cammi.

Elle lui montra le baby-phone posé juste à côté d'elle et soupira :

— Il nous le fera savoir quand il sera réveillé, ne t'inquiète pas.

Iris, du haut de ses deux ans, était l'aînée, ainsi que l'heureuse grande sœur d'un petit garçon d'un an du nom de Jay.

Jared posa sa fille par terre lorsque cette dernière se mit à se tortiller dans ses bras en chouinant et elle retourna jouer avec ses blocs de construction.

— Alors, qu'est-ce que ça donne, ces comptes ? demanda-t-il.

— Tout est parfait puisque c'est moi qui m'en occupe, répondit Susie avec un sourire suffisant.

Jared rit.

— C'est aussi pour ça que je t'aime. Je ne fais que passer. J'ai oublié que la batterie de l'un des bateaux était HS donc je suis venu en récupérer une dans le garage. On se fait une pizza ce soir ? Je l'achèterai en rentrant.

— Ça me va.

Jared donna un dernier baiser à Susie, après quoi il me salua d'un geste de la main avant d'aller chercher la batterie requise dans le garage.

Je me tournai vers Susie.

— Difficile de croire que tu le supportais à peine à une époque.

Elle me lança un grand sourire.

— Je sais, hein ? Il me tape encore sur les nerfs, parfois. C'est un sacré perfectionniste.

— On pourrait croire que tu comprendrais étant donné l'attention que tu portes aux chiffres, rétorquai-je.

Une lueur dansait dans ses yeux bruns lorsqu'elle se tourna vers moi.

— C'est vrai. D'autant qu'il s'est beaucoup calmé avec le temps. La maison est rarement immaculée avec les enfants.

Je balayai la pièce du regard, le cœur serré. J'étais jalouse de ce salon en bazar avec des jouets éparpillés partout. Je rêvais d'un tel désordre dans ma vie. Le bazar rempli d'amour d'une famille.

— Ça va ? me demanda Susie d'une voix douce.

Elle devait avoir remarqué ma mélancolie. Elle me connaissait trop bien et même si je l'adorais, le fait qu'elle puisse lire en moi comme dans un livre ouvert me gênait parfois.

— Oui oui, répondis-je en haussant les épaules.

Je bus une gorgée d'eau, espérant que Susie n'insisterait pas.

Mais bien entendu, elle insista. Elle insistait toujours. Elle n'avait jamais été du genre à se faire discrète, après tout.

— Non, ça ne va pas. Ça se voit.

Elle ferma son ordinateur pour me consacrer toute son attention.

— Alors, qu'est-ce qu'il y a ?

Mon nez me grattait et j'y passais la main, ravalant ma nervosité et ma gêne.

— J'en sais trop rien. J'ai l'impression que la vie m'a oubliée sur le bas-côté, expliquai-je enfin.

Susie me scruta en silence un instant avant de répondre :

— Tu ne t'inquiètes pas encore de ce qui s'est passé quand même, si ? Tu n'avais aucun moyen de savoir.

Je me mordis la lèvre, le ventre noué. Ma dernière tentative pour trouver l'amour s'était retournée contre moi lorsque j'avais découvert que l'homme parfait que j'avais rencontré avait déjà une famille dans une autre ville. Sa femme s'était pointée à mon café avec tous leurs gamins pour bien me faire comprendre que je n'étais rien d'autre qu'une bête maîtresse, et je devais avouer que cela m'avait sacrément remuée.

Même si c'était il y a des mois, la blessure était encore fraîche.

— J'aurais dû le savoir, protestai-je.

— Comment ? Tu aurais pu demander à un détective privé de se renseigner sur lui que ça n'aurait rien changé. Il t'a donné un faux nom, donc même des recherches en ligne n'auraient rien donné. Ma puce, tu ne peux pas passer ta vie à t'en vouloir de ne t'être rendu compte de rien. C'est déraisonnable. Et tu te fais du mal pour rien.

— Dire que je pensais être amoureuse de lui alors que lui, il avait déjà une vie, une famille. Je me sens vraiment bête.

— Il ne t'a pas rappelée au moins, hein ? demanda-t-elle d'un air agacé.

Susie était incroyablement protectrice envers ses amis et je ne doutais pas qu'elle serait prête à passer mon ex à tabac si elle en avait la chance. J'avais toujours trouvé ça adorable, même si elle en faisait parfois un peu trop.

— Non. Je l'ai bloqué partout et j'ai changé de numéro. Mais bon, je me sens quand même coupable. Je ne suis pas comme ça. Je ne suis pas du genre à draguer un homme déjà pris.

— Et tous tes proches le savent. Je te signale qu'il t'a menti, quand même. J'espère pour le bien de sa femme qu'elle finira par découvrir toute l'histoire.

Elle se tut un moment et me fixa, la tête penchée sur le côté.

— Tu sais quoi ?

— Quoi ?

— On a besoin d'une soirée entre filles. Ça fait des mois qu'on n'est pas sorties ensemble tellement on a été occupées. Qu'est-ce que tu dirais de demain ?

— Et si j'ai déjà quelque chose de prévu ? objectai-je, pour l'embêter plus qu'autre chose.

Susie me fusilla du regard en prenant son téléphone posé sur la table.

— J'envoie un message à tout le monde. Tu n'as *rien* de prévu. Enfin si, maintenant, t'as des plans. Avec nous.

— Et on va où ?

— À toi de choisir. Le restaurant de l'auberge ou chez Sally.

Je fis mine de réfléchir une seconde.

— L'auberge. Je rêve de leur cidre, il est délicieux.

Elle me lança un sourire resplendissant.

— Parfait ! C'est moi qui conduis, comme ça tu vas pouvoir te bourrer la gueule.

— Si pour une raison ou pour une autre ça ne peut

pas se faire demain, on peut toujours remettre ça à plus tard, dis-je en me levant.

Le message de groupe qu'elle avait envoyé à toutes nos amies s'afficha sur l'écran de mon téléphone. J'avais *envie* de passer du temps avec elles, mais pour être tout à fait honnête, j'avais encore le moral en berne.

Susie me raccompagna à la porte, l'air inquiet.

— J'ai l'impression que tu n'arrives pas à rebondir, Cammi. Je ne sais pas quoi faire. On dirait une voiture qui n'arrive pas à embrayer.

— Moi, une voiture ? répétai-je, exaspérée par la comparaison.

— Bien sûr que tu n'es pas une voiture, mais tu comprends l'image.

Je scrutai le visage de mon amie ; ses grands yeux bruns et ses joues constellées de taches de rousseur. C'était une extravertie, une femme forte dont l'amitié pouvait parfois être un peu étouffante.

— Je vais m'en sortir. Je ne suis pas accro à lui. Il faut juste que j'arrête de rêver de l'impossible, lui assurai-je.

— Ça fait plus de six mois, me dit-elle d'une voix douce. Et tu n'as pas eu le moindre rancard. Tess a même essayé de te brancher avec ce type qu'elle avait rencontré à Anchorage.

Je levai les yeux au ciel.

— Ce n'était pas du tout mon genre. C'est pas mon truc, les hommes d'affaires.

— Tu juges un peu vite, tu ne trouves pas ? protesta Susie. Tu sais qu'il participait à la collecte de fonds pour l'hôpital, au moins ? C'est comme ça que Tess l'a rencontré et ils ont récolté un paquet d'argent.

— Oui, bon, marmonnai-je. Il n'y a pas eu d'étincelle, c'est tout.

— Pas d'étincelle ?

— Bah oui, tu sais bien. Même quand tu détestais Jared, vous mettiez presque le feu à la pièce quand vous étiez ensemble. Il n'y avait aucune alchimie entre ce type et moi. Je ne vais pas perdre mon temps avec lui alors que je ne me vois même pas l'embrasser. Il faut quand même que je ressente quelque chose.

Elle soupira.

— Bien sûr, oui. On parlera de tout ça quand on sera toutes ensemble.

— Je ne suis pas un projet de groupe, l'avertis-je.

Je lançai un regard à ma montre.

— Écoute, il faut que j'y aille. Je dois récupérer des courses pour le service de demain matin.

— Tu ne dois pas bientôt fermer pour la saison ? demanda-t-elle.

Elle avait raison. Je fermais mon camion plusieurs mois pendant l'hiver chaque année.

J'acquiesçai.

— Oui mais tu sais que je ne fixe jamais de date précise. Les affaires commencent à ralentir, mais on fait encore des chiffres corrects.

Susie me prit dans ses bras et me serra fort avant de me regarder partir.

Chapitre Cinq

ELIAS

Quatre mois plus tard : mars

— Bordel de merde, marmonnai-je alors que l'une de mes béquilles m'échappait de la main et allait s'écraser par terre.

Diego apparut aussitôt à côté de moi.

— Laisse.

Il récupéra ma béquille qu'il me tendit.

— Merci, mon pote.

Je la glissai sous mon bras, après quoi nous nous remîmes en marche pour aller faire la queue au *Red Truck Coffee*. Mon cœur s'affola à l'instant même où je levai la tête et vis Cammi s'affairer, récupérant des billets d'une main et préparant un espresso de l'autre. Je devais avouer que j'étais un peu chamboulé depuis qu'elle m'avait rendu visite à l'hôpital. Même si je n'avais aucune envie de l'admettre, elle hantait mes pensées depuis.

J'avais été touché qu'elle m'apporte du café. Pas

une, mais deux fois. Même s'il fallait admettre que Cammi était toujours adorable.

Oui, et c'est bien pour ça qu'elle ne s'intéressera jamais à toi. Surtout si elle sait que tu étais accro aux pilules à une époque.

Je fis taire cette pensée rapidement. Bien que mon addiction ait duré peu de temps, je m'en sentais malgré tout profondément coupable. D'autant que la liste de raisons qui expliquaient pourquoi ce rayon de soleil n'était pas fait pour moi ne se limitait pas à ça. Elle était longue comme le bras.

— Je suis sûr que tu meurs d'envie de voler, commenta Diego à côté de moi.

— Évidemment. Ça me fait chier d'être cloué au sol. Dire que pile quand on devait me retirer mon plâtre, ils décident de repositionner cette putain de vis, répondis-je.

Ma période de convalescence avait dépassé les huit semaines initiales lorsque la vis qu'on m'avait posée dans la cheville avait bougé. Je commençais à craindre de ne jamais retrouver ma liberté un jour.

J'avançai, perché sur mes béquilles, lorsque la file avança enfin. J'avais bientôt rendez-vous avec le médecin et me demandais quand on me retirerait enfin mon plâtre. Une bourrasque de vent traversa le parking, faisant voler une pile de serviettes en papier. Je me redressai pour les rattraper instinctivement, mais fus aussitôt arrêté par mon plâtre.

Diego avait été plus rapide, de toute façon. Il rattrapa les serviettes sans le moindre mal, n'en laissant échapper qu'une ou deux. Une mouette en rattrapa une dans son bec au vol, mais la relâcha aussitôt qu'elle se rendit compte que ce n'était pas à manger.

Diego vint me rejoindre un instant plus tard, la pile de serviettes à la main.

— Cammi a rouvert tôt cette année, commenta-t-il.

— On est en mars, répliquai-je.

— Oui, mais il fait encore froid. Ils ont beau nous bassiner avec le changement climatique, il est loin d'être arrivé jusqu'en Alaska.

Il rit et me lança un regard en coin.

Il avait raison, il *faisait* froid et je ne pus m'empêcher de me demander si Cammi avait froid, elle aussi. Son food truck rouge était adorné de l'inscription *Red Truck Coffee* en lettres manuscrites. On ne pouvait pas le louper lorsqu'on se rendait au port.

Nous fûmes bientôt arrivés en tête de file et une lueur embrasa les yeux bleus de Cammi lorsqu'elle nous aperçut.

— Coucou les garçons. Je suis contente de vous voir.

Son regard s'attarda sur moi.

— Comment ça va, Elias ? T'as intérêt à te plier aux ordres du médecin. Je compte bien réserver un vol privé dès que tu seras sur pied.

— Je te jure que je suis les recommandations du médecin, dis-je en faisant un signe de croix sur mon torse.

Le sourire de Cammi était tel un rayon de soleil dans mon cœur.

Diego intervint :

— Ça oui, il suit les recommandations, mais ça ne l'empêche pas d'être sacrément grognon.

— Ça ne doit pas être marrant d'être alité, répondit Cammi.

— Daphné me prépare tous mes repas alors ce n'est pas si terrible que ça. Si je ne prends pas une dizaine de kilos d'ici à ce qu'on me retire ce plâtre, ce sera un miracle.

Diego rit.

— Ah, ça. Ton café est quand même meilleur que celui de Daphné cela dit, dit Diego d'un ton qui se voulait rassurant.

Cammi sourit.

— Je sais que Daphné est très bonne cuisinière et je ne serais pas vexée que son café soit aussi bon que le mien. Je vous mets comme d'habitude ?

— Ouaip, répondit Diego en me lançant un regard.

J'acquiesçai.

— Oui, merci.

Cammi prépara nos cafés en un temps record. Diego ne me laissa même pas le temps d'essayer de payer. Je lui donnai un petit coup de coude.

— C'est moi qui offre la prochaine fois.

Je bus une gorgée de café, les yeux fermés.

— Délicieux.

Lorsque je les rouvris, je croisai le regard curieux de Cammi. Elle sourit et mon cœur manqua de s'arrêter.

Des gens attendaient encore derrière nous, aussi, quand bien même j'avais envie de m'attarder, je devais bouger.

— À bientôt, nous dit-elle alors que nous nous en allions.

— Très bientôt même, répliqua Diego en me prenant mon café.

— Je peux le porter, protestai-je.

Diego s'arrêta, les sourcils haussés.

— Tu veux le renverser peut-être ? Parce que je ne vois pas trop comment tu pourrais marcher avec un gobelet et tes béquilles.

Je grommelai en réponse et acquiesçai. Il avait peut-être raison.

— Encore une semaine, soupirai-je en me rasseyant dans le pick-up de Diego.

Une fois mes béquilles rangées, il me rendit mon café et mit le contact.

— T'es sûr de ça ?

— C'est ce que m'a dit le médecin et je compte bien m'assurer qu'il tienne parole.

Diego se mit en route en direction du port. Il devait aller chercher quelque chose pour Flynn chez Nathan Winters, qui tenait une entreprise de pêche avec ses deux frères. Ils nous envoyaient des clients régulièrement et nous leur rendions la pareille dès que possible.

Je regardai par la fenêtre, profitant de la vue. Les montagnes étaient encore couvertes de neige au loin, leurs pics revêtus d'une couverture blanche qui tranchait avec le ciel bleu. Le vent soufflait, faisant frémir la surface de l'eau. Un aigle volait non loin de là, porté par le vent. Je serais sans doute toujours surpris de voir des aigles aussi souvent par ici. Ces oiseaux étaient profondément majestueux. Chaque fois que je croisais leur regard perçant, je bénissais le ciel en silence de ne *pas* être une petite souris ou un saumon.

— Alors, quand est-ce que tu vas enfin te décider à inviter Cammi à sortir ? me demanda Diego, l'air de rien.

Je me tournai vers lui brusquement.

— Mais de quoi tu parles ?

Il tourna le volant d'une main pour s'engager sur le parking du port.

— Tu baves sur elle depuis des lustres. Et je crois que tu lui plais, toi aussi. Qui sait, ça te remonterait peut-être le moral.

— Ferme ta gueule, marmonnai-je.

Diego rit en mettant le frein à main.

— Je laisse le moteur tourner pour éviter que tu te gèles. Je reviens.

Il sortit de la voiture et je me redressai sur mon siège. Je bus une autre gorgée de café et songeai aussitôt à Cammi. J'aimais à croire que je n'étais pas quelqu'un qu'on pouvait lire facilement. C'était d'ailleurs le cas. Sauf lorsqu'il s'agissait de mes amis. Diego n'avait pas tort de dire qu'elle me plaisait, mais j'étais assez lucide pour savoir que je n'étais pas fait pour une fille comme elle.

Quelques heures plus tard

— Je reviens tout de suite, me dit Diego en sortant à nouveau de la voiture.

Je commençais à regretter d'avoir voulu l'accompagner lorsqu'il m'avait dit qu'il avait quelques courses à faire. Ça me faisait du bien de sortir un peu, mais j'aurais aimé pouvoir bouger davantage.

Je détestais me sentir si impuissant et bon à rien. Et je savais que je ne me sentirais pas mieux avant qu'on me retire ce foutu plâtre et que je puisse enfin sortir un peu tout seul. J'étais profondément soulagé que ce soit ma cheville gauche qui ait été blessée. Au moins, je pourrais conduire dès que je n'aurais plus mon plâtre.

Je bus mon café d'une traite et fis courir mon doigt sur l'inscription gravée dans le gobelet : *Red Truck Coffee*. Pourquoi avait-il fallu que je m'entiche de la femme qui faisait le meilleur café de la ville ? Ça tombait vraiment mal.

Presque comme si le simple fait de songer à elle avait conjuré sa présence, je jetai un œil par la vitre et vis Cammi sortir du supermarché, les bras chargés de sacs. Elle se dirigeait droit vers moi et je devinai qu'elle devait être garée dans le coin. Si son food truck était immanquable, je n'avais pas la moindre idée du genre de voiture qu'elle conduisait.

Un instant plus tard, elle s'arrêta à côté du SUV garé à ma droite. Elle ne m'avait même pas encore remarqué.

— Ah, merde ! s'exclama-t-elle lorsqu'elle fit tomber l'un de ses sacs de courses.

Un nuage de fumée blanche s'éleva dans les airs. De la farine, sans doute.

Je sortis aussitôt, presque par réflexe, appuyé sur l'une de mes béquilles.

— Laisse-moi t'aider, lui dis-je.

Cammi leva la tête, agenouillée par terre. Ses cheveux étaient couverts de farine.

— Oh, coucou Elias.

Un sourire ourla mes lèvres.

Cammi n'avait pas franchement l'air agacée d'avoir fait tomber sa farine et d'en avoir partout dans les cheveux. En baissant la tête, je vis que son paquet ne pouvait être sauvé. Il s'était ouvert en deux et la farine s'était répandue par terre.

— Laisse-moi te prendre quelques sacs, dis-je.

— Ça ira, Elias. T'as une jambe dans le plâtre, je te signale.

Elle dut lire ma frustration sur mon visage puisqu'elle se corrigea rapidement :

— Bon d'accord, tiens, dit-elle en me tendant plusieurs sacs.

Je les pris de ma main libre avant d'ouvrir sa portière pour les déposer sur sa banquette arrière. Lorsque je me tournai, elle se peignait les cheveux à l'aide de ses doigts.

— C'est comment ?

— Tu es toujours splendide, Cammi, répondis-je honnêtement.

Elle rougit et je réalisai soudain combien nous étions proches l'un de l'autre. Des étincelles volaient entre nous, et mon désir pour elle s'éveilla aussitôt.

Je me forçai à détourner le regard, qui tomba sur la flaque de farine sur le sol. Lorsque je relevai la tête, je me rendis compte qu'elle tenait encore des sacs de courses dans son autre main. Je les pris sans réfléchir. Mes doigts effleurèrent les siens et ma peau s'embrasa à ce simple contact.

— Je m'en occupe, murmurai-je d'une voix rauque.

Elle lâcha les poignées et je posai ces sacs avec les autres.

— J'ai une pelle et une balayette dans le coffre, dit-elle soudain.

Je ne voyais pas franchement où elle voulait en venir, mais m'apprêtais à lui dire que j'allais les chercher lorsque je me figeai un peu malgré moi. Je pouvais voir la veine qui courait le long de son cou pulser, et je l'entendais haleter. Mon regard s'attarda sur ses lèvres charnues. Je *brûlais* d'envie de les embrasser.

CAMMI

Elias me fixait sans dire un mot, ses yeux bruns presque noirs. Mes joues étaient brûlantes et mon cœur battait la chamade dans ma poitrine. Je tentai de reprendre mon souffle, mais l'air semblait s'être fait rare. Ce qui n'avait rien de bien logique en soi sachant que nous nous tenions là, dans un après-midi venteux d'hiver, qu'il faisait frais et que je n'avais pas fait le moindre effort.

Malgré tout, je peinais à respirer.

Je vis ses yeux se poser sur mes lèvres et je les humectai malgré moi. Son regard retrouva le mien aussitôt, presque incrédule.

— Tu viens vraiment de faire ça ?

— Faire quoi ?

J'aurais presque pu jurer qu'Elias rugit. Il arracha son regard au mien et leva la tête vers le ciel en prenant une grande inspiration. Mes yeux furent attirés par le petit creux à la base de sa gorge. En dépit du fait que nous sortions tout juste de l'hiver, sa peau était encore bronzée.

Ma logique devait m'avoir abandonnée puisque ce

que je fis alors était complètement fou. Je me penchai pour déposer un baiser sur son cou. Sa peau était chaude, et il avait une odeur boisée et iodée à la fois.

J'arrachai mes lèvres à sa peau à contrecœur. Ma folie se confirma lorsque je le surpris en train de me fixer, des flammes au fond des yeux. Ce simple regard suffit à me faire fondre.

— Et puis merde, marmonna-t-il.

Puis il se pencha, caressant mes lèvres du bout des siennes une fois, puis deux, avant de s'en emparer.

Chaque caresse me donnait l'impression d'être foudroyée sur place. Je haletai en me pressant contre lui, ma paume plaquée sur son torse juste au-dessus de son cœur. Bordel de merde. J'avais souvent rêvé d'Elias lorsque je baissais la garde, mais mes fantasmes étaient loin de faire justice à la réalité. Son baiser était passionné et autoritaire. Ses lèvres embrasaient les miennes alors que nos langues entamaient une danse endiablée.

Je brûlais d'envie et je gémis dans sa bouche. Je le sentis se redresser, puis se tendre alors que ma main se posait sur son flanc.

Je m'écartai brusquement et m'excusai aussitôt :

— Pardon, je t'ai fait mal ?

— Absolument pas, haleta-t-il sans me quitter des yeux. Mais on est quand même dans un parking.

Je reculai dans un sursaut, trébuchant presque sur le sac de farine éventré à mes pieds. Je me souvins aussitôt que mes cheveux en étaient couverts, la faute d'avoir voulu porter trop de sacs à la fois. Je pris une inspiration tremblante en m'ordonnant de me reprendre. J'aurais aimé, vraiment aimé pouvoir faire comme si de rien n'était. Mais je n'avais jamais été franchement douée pour ça. Loin de là, même.

J'étais prise au piège entre Elias, le pick-up à ma droite et ma voiture.

— Je devrais aller chercher ma balayette, annonçai-je enfin.

Je contournai le capot de mon SUV jusqu'à mon coffre à grandes enjambées. Lorsque soudain, la voix de Diego se fit entendre :

— Elle vous avait fait quoi, la farine ?

— C'est ma faute, dis-je.

Je fermai mon coffre et approchai avec ma pelle et ma balayette.

Diego me sourit.

— Besoin d'aide ?

— Je l'aidais à ranger ses courses dans sa voiture, intervint Elias.

— C'est pour ça que le sol est couvert de farine ? le taquina Diego.

Il rangea ses sacs de courses à l'arrière de son pick-up.

— Non, marmonna Elias, ronchon.

Diego vint nous rejoindre et j'expliquai :

— J'avais trop de sacs de courses dans les bras et j'en ai fait tomber un. Elias m'a aidée à ranger le reste.

— Tu te balades toujours avec une pelle et une balayette ? me demanda Diego, l'air un peu surpris.

Je posai la main sur ma hanche.

— On ne sait jamais quand on en aura besoin.

Diego rit.

— J'imagine, ouais.

— Je me pousse, dit Elias.

Il s'appuya sur sa béquille pour se rasseoir dans le pick-up de Diego et je ramassai la farine à la hâte. Lorsque je me redressai, je vis Diego me regarder à quelques pas de là.

— C'est tout bon ? me demanda-t-il, l'air amusé.

Diego était incroyablement renversant avec ses boucles sombres et ses superbes yeux verts. Sans parler de son corps aux muscles saillants. Je le trouvai objectivement très beau, mais il était loin de me faire l'effet qu'Elias me faisait.

— C'est tout bon, oui. Je vais mettre ça à la poubelle et aller racheter de la farine.

— Bon. On se voit au café ? me dit-il dans un clin d'œil.

Il monta dans son pick-up et je me penchai pour ramasser mon sac à main tombé par terre. Mon regard croisa celui d'Elias lorsque je me redressai. Il baissa sa fenêtre.

— N'oublie pas que t'as de la farine dans les cheveux.

Mes joues s'embrasèrent et des papillons prirent leur envol dans mon ventre face à son air taquin.

Chapitre Sept

ELIAS

Deux semaines plus tard

— Elias !

Je me tournai vers la voix joyeuse qui m'interpellait et aperçus Violet Hamilton. Je la connaissais plutôt bien maintenant, étant donné que c'était elle qui s'était chargée de toutes mes prises de sang depuis mon accident.

— Coucou, Vi, dis-je en m'arrêtant dans le couloir de l'hôpital.

— T'as l'air en forme.

Elle se posta devant moi, un sourire resplendissant aux lèvres. Elle avait attaché ses cheveux noirs et portait une blouse d'hôpital rose.

— Tu n'as plus de plâtre, ça y est, dit-elle en lançant un regard à mon pied.

Je lui souris.

— Enfin.

— Je suis contente pour toi, je sais que tu ne le vivais pas très bien.

— J'espère ne plus jamais me casser la cheville, dis-je d'un air solennel.

— Ouais, je sais. C'est la m... euh, c'est compliqué, ce genre de fracture.

Je haussai un sourcil dubitatif et elle rit.

— Désolée, c'est un réflexe de maman. J'essaie de ne pas trop jurer.

— C'est vraiment un gros mot, « merde » ?

Violet haussa les épaules.

— Je sais bien qu'il y a pire, mais je ne veux pas entendre ça dans la bouche d'Alec, alors bon.

J'acquiesçai.

—Je comprends. Alors, comme ça va ?

— Oh, j'ai une tonne de travail et les affaires reprennent doucement à la station de ski, du coup Sawyer est tout aussi occupé que moi.

Elle était mariée à Sawyer Hamilton, le propriétaire de la station de ski du coin.

— Les choses devraient se calmer maintenant que la neige fond, non ?

— Elle est loin d'avoir fondu, et puis ils louent aussi de l'équipement pour la randonnée et les balades en moto donc il y a toujours du monde. Sawyer me dit qu'ils vous envoient souvent des clients pour des balades en avion.

— C'est vrai, oui. C'est très gentil, d'ailleurs.

Le bipeur de Violet sonna.

— Il faut que j'y aille, dit-elle. Encore des piqûres à faire. Prends soin de toi !

Elle me salua d'un geste de la main avant de s'en aller et je me remis en marche en direction du cabinet de mon kiné. Il m'avait recommandé un massage du genou et de la hanche pour détendre les muscles qui avaient eu une surcharge de travail pendant ma convalescence. Je n'allais pas m'en plaindre. J'avais trop hâte de remonter en avion pour ça.

Lorsque j'arrivai, la réceptionniste, Claudia, me sourit.

— Bonjour Elias, me salua-t-elle.

— Bonjour, Claudia. Dan m'a pris rendez-vous pour un massage, mais je ne sais pas avec qui.

Claudia pianota sur son clavier, les yeux rivés sur son écran d'ordinateur.

— Trouvé. Tu as rendez-vous avec Cammi.

Je ne connaissais qu'une seule Cammi, mais je doutais qu'il s'agisse d'elle.

— J'espère que cette masseuse est aussi douée que la barista du *Red Truck Coffee*, plaisantai-je.

— C'est la même Cammi.

— Ah ?

Claudia acquiesça alors même que le téléphone sonnait. Je devais avoir l'air d'un idiot à la regarder la bouche grande ouverte comme un poisson hors de l'eau, aussi je plongeai les mains dans mes poches et allai m'asseoir dans la salle d'attente.

Je présumais que cet espace avait pour but d'être apaisant avec ses murs bleu pastel et ses fleurs à l'aquarelle, mais cela ne fit rien pour apaiser mon trouble à l'idée que Cammi soit celle qui allait me masser. Cette simple idée me faisait frissonner. Je n'avais plus vu Cammi depuis ce stupide baiser dans le parking du supermarché, quelques semaines plus tôt.

Et même si ça me faisait mal de l'admettre, je n'avais eu de cesse de me repasser ce baiser en boucle depuis.

— Elias ?

Je levai la tête et vis Cammi postée à la porte de la salle d'attente. Je me levai et la rejoignis rapidement. Je remarquai qu'elle rougit lorsque j'approchai.

— Suis-moi, me dit-elle.

Elle me mena à une petite pièce au centre de laquelle trônait une table de massage. Elle était autrement vide, à l'exception d'un fauteuil dans un coin et d'une petite étagère juste à côté.

L'odeur de Cammi emplit mes narines ; une senteur florale avec une pointe de sucre. Je me souvins aussitôt de la sensation de ses lèvres contre les miennes.

Elle se tortilla les mains, les sourcils légèrement froncés d'inquiétude.

— Je ne savais pas que j'avais rendez-vous avec toi. C'est le kiné qui gère mes rendez-vous.

— Je ne savais même pas que tu étais masseuse.

Cammi haussa les épaules.

— Je fais ça en complément pendant l'hiver, quand le camion est fermé. Je suis à temps partiel jusqu'à l'été, et après j'arrête pendant la saison, m'expliqua-t-elle.

Une part de moi était tentée de partir, craignant déjà ma réaction lorsque ses mains se poseraient sur mon corps. Mon kiné m'avait forcé la main, de toute façon. Son air angoissé me poussa pourtant à rester. Je n'allais pas m'enfuir comme un lâche.

— Il y a un problème ? demandai-je lorsqu'elle resta plantée devant moi sans bouger.

Elle secoua la tête aussitôt.

— Non. Pourquoi, tu trouves qu'il y a un problème ?

— Pas du tout, mentis-je.

Enfin, ce n'était peut-être pas tout à fait un mensonge. Il n'y avait qu'un problème : la façon dont mon corps réagissait à la proximité de Cammi. Mais je saurais gérer.

— Bon, parfait, dit-elle d'un air joyeux. Mets-toi en caleçon. Tu peux poser tes affaires sur la chaise.

Elle désigna vaguement la chaise disposée dans un coin de la pièce, bienheureuse dans son ignorance de l'électricité qui crépitait dans l'air.

— Je reviens tout de suite. Tu peux t'allonger sur le ventre en m'attendant.

Elle se tourna pour partir.

— Je ne pensais pas t'entendre me demander de me déshabiller un jour.

Ces mots quittèrent mes lèvres malgré moi et Cammi se tourna pour me regarder, les yeux écarquillés et les joues rouges.

Puis elle se pinça les lèvres.

— Il n'y avait aucun sous-entendu là-dedans, dit-elle.

Je n'avais pas la moindre idée de ce qui m'avait pris, mais j'aimais la voir chamboulée comme ça et poussais le bouchon un peu plus loin.

— Pourtant ça ne me dérangerait pas.

Cammi poussa un soupir tremblant avant de se tourner et de quitter la pièce sans même me donner de réponse.

Je me déshabillai et, quelques minutes plus tard, Cammi toqua à la porte.

— Je peux entrer ? demanda-t-elle.

— Bien sûr, répondis-je, ma voix étouffée contre la table de massage.

J'entendis la porte s'ouvrir et se fermer.

— Tu veux écouter de la musique ? demanda-t-elle.

— Je peux choisir ?

Je l'entendis bouger et je dus me faire violence pour rester immobile.

— Bien sûr.

— Toi, choisis.

Je l'entendis murmurer quelque chose, après quoi un agréable blues des années soixante-dix emplit le silence. Elle avait choisi mon genre de musique préféré sans même s'en douter.

Un instant plus tard, je l'entendis dire :

— Je vais commencer par ton dos.

Elle posa les mains sur le bas de mon dos et les fit doucement remonter, l'huile de massage réchauffant ses doigts. Si j'étais au paradis de sentir les mains de Cammi sur moi, je réalisai aussi combien mes muscles étaient tendus. Je dus ravaler un gémissement tant c'était agréable de sentir toute la tension quitter mon corps.

Elle travailla mon dos noué, puis mes épaules avant de descendre à mes fesses et mes jambes.

— Bordel, je ne pensais pas que j'étais si tendu, marmonnai-je.

Tout mon côté gauche était noué. Le toucher de Cammi était doux, mais ferme à la fois.

— Tu as une jambe en moins depuis plusieurs mois maintenant. Ça a forcément des conséquences.

Ce ne fut qu'une fois mon massage terminé, alors que j'étais sur un petit nuage, que Cammi parla de nouveau.

— Je reviens dans quelques minutes pour te laisser t'habiller.

Je restai allongé là sans bouger, un peu ailleurs. Après un instant, je me levai doucement, émerveillé de me sentir si détendu. J'avais eu tort d'attendre si long-temps pour me faire masser. Je ris pour moi-même en m'habillant sur fond des Bee Gees.

Quelques minutes plus tard, Cammi toqua à la porte. J'étais rhabillé, assis sur la chaise.

— Tu peux entrer, appelai-je.

Cammi entra et me parcourut du regard.

— Comment tu te sens ?

— Comme je ne m'étais plus senti depuis des mois.

Un sourire traversa ses lèvres.

— Tant mieux. Ça ne te ferait sûrement pas de mal de te détendre un peu, tu sais, me taquina-t-elle. Hydrate-toi bien en tout cas. Il est possible que tu aies des courbatures, donc il faut bien boire pour les éviter.

— Bien madame, répondis-je en hochant la tête.

La pièce me semblait soudain minuscule et l'air étouffant. Je savais au fond qu'il serait mal avisé d'embrasser Cammi une deuxième fois, mais ma raison semblait tout à coup bien décidée à m'ignorer.

Je me levai et j'approchai, la cherchant du regard. Je vis ses yeux s'assombrir comme le ciel avant une tempête et ses lèvres s'entrouvrir alors que sa respiration s'affolait.

Je ne réalisai combien j'étais près d'elle que lorsqu'elle écarquilla les yeux et que je sentis sa poitrine effleurer mon torse. Presque comme si elle avait lu dans mes pensées, elle murmura :

— Ce n'est pas une bonne idée.

— Peut-être, oui, soufflai-je.

J'attendis, bien que j'ignorais pourquoi. Je fus incapable de résister plus longtemps lorsque je vis sa langue humecter ses lèvres. Ma décision était prise.

Elle avait attaché ses cheveux en un chignon dont quelques mèches retombaient autour de son visage. Je levai la main pour en glisser une derrière son oreille. Elle était aussi soyeuse que de la soie entre mes doigts.

Je déposai un baiser à la commissure de ses lèvres, d'un côté puis de l'autre, avant de capturer sa respiration affolée dans ma bouche lorsque je m'emparai de ses lèvres.

Elle gémit d'envie et je me pressai contre elle, faisant courir ma main le long de son dos, sur ses hanches et jusqu'à ses fesses tandis que j'approfondissais notre baiser.

Ce que je faisais était dangereux, je le savais bien. Je m'abandonnai pourtant à ses lèvres, à sa langue douce comme de la soie. Elle gémit de nouveau, pressée contre moi alors qu'elle posait la main sur ma nuque pour me rapprocher d'elle. Sa langue était autoritaire contre la mienne et l'espace d'un instant, j'oubliai tout à l'exception d'elle.

Elle m'enivrait. À bout de souffle, j'arrachai mes lèvres aux siennes et je levai la tête pour prendre une grande inspiration, me délectant de son odeur qui ne fit que me tourner la tête davantage.

Je pouvais sentir ses tétons se dresser contre mon torse chaque fois que sa poitrine se soulevait.

Lorsque je retrouvai son regard, mes pensées s'embrouillèrent et j'oubliai un instant comment respirer. Cammi, ma douce et tendre Cammi, était hypnotisante lorsqu'elle baissait la garde. Ses joues étaient roses et ses lèvres gonflées d'avoir été trop embrassées.

Les mots qui échappèrent à mes lèvres me surprirent moi-même :

— Je veux te voir.

— Je suis juste là, murmura-t-elle.

— Non, je voulais dire que je ne veux pas juste quelques bisous.

Elle déglutit et une lueur embrasa son regard. De l'inquiétude, peut-être.

Nous nous regardâmes en silence sans bouger. Cammi sursauta alors qu'on toquait à la porte.

— Votre prochain rendez-vous, appela Claudia dans le couloir.

— J'arrive tout de suite, répondit Cammi.

Puis elle se tourna vers moi.

— Je, euh... Demande un autre rendez-vous à Claudia. Je ne sais pas si ce sera moi ou quelqu'un d'autre pour le prochain.

Elle me poussa vers la porte et je me laissai faire, troublé de m'être rendu compte qu'il m'était impossible d'approcher Cammi sans avoir envie de l'embrasser.

Chapitre Huit

CAMMI

— Enfin, dit Susie en lançant un regard autour de la table.

Tess lui sourit.

— Enfin quoi ?

— Enfin une soirée entre filles. On finit toujours par reporter d'habitude. Ou alors il y a des absentes. Dire qu'on essaye de se faire ça depuis quatre mois, marmonna Susie en retirant sa veste.

Nous étions attablées à l'auberge *Last Frontier* qui appartenait à la station de ski haut de gamme de Diamond Creek.

— T'étais occupée trois des soirs qu'on avait proposés, intervint Hannah à l'autre bout de la table en levant les yeux au ciel.

— C'est compliqué. J'ai l'impression que trouver une baby-sitter relève du miracle parfois, se plaignit Susie.

Je regardai mes amies assises autour de la table. Susie, bien sûr, mais aussi Tess, Hannah et Emma. Susie, Hannah et moi avions toutes trois grandi à Diamond Creek ensemble. Emma, quant à elle, avait emménagé ici près de cinq ans plus tôt. C'était la sœur biologique d'Hannah, mais elle avait été adoptée avant même la naissance de cette dernière.

Tess, de son côté, était tombée folle amoureuse de Nathan Winters à l'occasion de ses vacances dans le coin. Nathan était propriétaire d'une entreprise de pêche avec ses frères, Jared et Luke. Susie étant mariée à Jared et Hannah à Luke, Tess était un peu comme la dernière pièce du puzzle.

Emma, elle, était mariée à Trey Holden, un grand avocat et pilote qui était aussi un ami proche d'Elias. Elias, que j'avais apparemment pris l'habitude d'embrasser dans les endroits les plus incongrus.

Hannah lança un regard en coin à Susie.

— Je ne sais pas ce que je ferais sans ta mère.

— C'est une vraie sainte quand il s'agit de garder les enfants, même si elle n'est pas tout le temps dispo, répondit Susie.

Elle retira l'élastique qui retenait ses boucles et elles cascadèrent sur ses épaules.

Emma sourit.

— Ma baby-sitter à moi, c'est Trey.

— Il est adorable lui aussi, ajouta Tess. Il a de la chance d'être moins occupé que nos maris.

Emma sourit.

— Ça, c'est clair, et j'en suis vraiment contente.

— D'autant plus que le deuxième est en route, commenta Susie dans un sourire.

— C'est vrai, répondit Emma.

Elle caressa son ventre rond d'un air un peu absent. Elle était enceinte jusqu'aux yeux, le terme étant prévu dans moins d'un mois.

C'était dans ce genre de moment que j'avais la désagréable impression d'être en retard sur tout le monde dans la vie. J'avais *tellement* envie d'avoir un bébé. J'approchais des trente-trois ans et je n'avais toujours pas de père en vue, et mon horloge biologique avait sonné l'alarme. Je savais que mes hormones devaient me travailler, bien entendu, et même si j'essayais de ne pas me rendre folle, je rêvais de me plaindre de ne pas avoir pu trouver de baby-sitter, moi aussi. Je serais prête à supporter tous les petits désagréments du quotidien si ça me permettait d'avoir une famille avec quelqu'un.

Au lieu de ça, je me contentais d'envier mes amies et de me maudire en silence de me comporter comme une enfant. Je pris le menu, que je consultai pour échapper à leur discussion de mamans.

Personne n'avait remarqué que je ne participais pas à la conversation, et je savais que j'étais ridicule de m'en sentir blessée.

Heureusement, Delia Hamilton vint bientôt à notre table.

— Bonsoir les filles.

Une carafe d'eau à la main, elle remplit nos verres.

— C'est toi notre serveuse ce soir ? demandai-je en croisant son regard.

Delia était la cheffe et gérante du restaurant. Elle avait quelques années de moins que nous, mais nous la connaissions toutes. Ses yeux brillaient alors qu'elle me sourit.

— C'est rien que pour ce soir, répondit-elle. Harry est en voyage alors je le remplace quand on a pas mal de tables. Kayla va venir prendre le relai. Je vous annonce les plats du jour ?

— On t'écoute, dit Tess en levant la tête.

Delia s'exécuta.

— Je sais déjà ce que je veux, commenta Susie.

Delia sourit.

— Kayla va venir prendre votre commande comme

je n'ai pas de carnet et que je risque de ne pas m'en souvenir.

Delia s'éclipsa et Emma se tourna aussitôt vers moi. Susie et Hannah étaient en train de regarder quelque chose sur le téléphone de cette dernière tandis que Tess envoyait un message à quelqu'un.

— Alors, comment ça va ? me demanda Emma.

Hannah et elle se ressemblaient beaucoup. Toutes deux étaient grandes et fines avec des cheveux de jais soyeux. Des ridules apparurent au coin de ses yeux bleus lorsqu'elle me sourit. J'adorais Emma, mais elle était aussi psychologue et pouvait parfois être un peu trop observatrice.

— Ça va, répondis-je en haussant les épaules. Les affaires reprennent doucement, donc je fais moins de massages en ce moment.

— Et ça te plaît de travailler chez le kiné en hiver ?

— Beaucoup.

Ce mot avait à peine quitté mes lèvres que je me remémorai mon rendez-vous avec Elias quelques jours plus tôt. Bon sang, ce que cet homme me chamboulait !

— Il faudrait que je demande à mon médecin de me prescrire un massage, intervient Susie.

— Pas besoin d'une ordonnance, tu peux prendre rendez-vous directement.

— Oui mais ce sera gratuit si j'ai une ordonnance, répondit Susie.

— C'est vrai, dis-je en souriant.

Soudain, un mouvement attira mon regard à l'autre bout du restaurant. Je me tournai et vis Elias entrer avec Diego et Flynn. Des papillons prirent leur envol dans mon ventre lorsque mes yeux se posèrent sur lui. Je sentis mes joues s'embraser alors même qu'il ne m'avait pas vue.

Presque comme s'il avait entendu mes pensées, il tourna la tête et son regard trouva le mien aussitôt. Son intensité était palpable, même à l'autre bout du restaurant. J'avais l'impression qu'une flamme brûlait entre nous, animée par notre désir.

— Eh ben, ça, c'est un sacré *regard*, murmura Susie.

Je détournai le regard brusquement et saisis mon verre d'eau pour en boire une gorgée, manquant de m'étouffer sur un glaçon au passage. Tess me donna une grande tape dans le dos.

— Ça va ?

Je m'efforçai de reprendre mon souffle et acquiesçai.

— Oui, oui, ça va.

— Il te fait un sacré effet dis donc, commenta Susie.

— Mais de quoi tu parles ? répondis-je en lui lançant un regard noir.

— Tu matais bien Elias Lowe, non ? C'est une vraie bombe, ce type.

Je me sentis rougir de nouveau et je levai les yeux au ciel.

— Ouais, si tu le dis.

Susie se tourna pour balayer la pièce du regard, mais Elias, Flynn et Diego s'étaient heureusement assis à une table loin de la nôtre. Elle me regarda avant d'ajouter :

— Elias et toi iriez super bien ensemble.

Je la fusillai du regard.

— Tu n'as pas intérêt à jouer les cupidons pour moi.

Tess me lança un regard compatissant.

— C'est sa raison de vivre et elle n'a plus aucune amie à caser à part toi.

Hannah rit.

— Ignore-la.

— C'est bien ce que je compte faire. On pourrait parler d'autre chose que de ma vie amoureuse inexistante, maintenant ?

Je me félicitai en silence d'avoir réussi à garder un ton léger et bien que Susie retroussa le nez en me lançant un regard agacé, elle lâcha l'affaire. Ça me faisait du bien de passer du temps avec mes amies. Nous essayions de nous retrouver au moins une fois par mois, mais depuis qu'elles avaient commencé à avoir des enfants, les choses s'étaient compliquées. Il était rare que nous arrivions à nous voir toutes ensemble en même temps. Cela prouvait bien à quel point nous étions occupées, moi comprise, en dépit du fait que je n'avais encore ni mari ni enfants.

Le dîner fut succulent et je fus ravie d'avoir pu partager ce moment avec mes amies. Nous avions toujours tout un tas de potins à nous raconter. La dernière rumeur qui courait en ville racontait que le *Misty Mountain Café* allait être mis en vente.

— Tu devrais l'acheter, dit Emma en se tournant vers moi.

— Moi ? couinai-je.

— Oui. Ce serait parfait. Ton café est bien meilleur que le leur. Alors bon, c'est vrai que je préfère aller là-bas quand j'ai envie de m'asseoir, d'autant que leurs pâtisseries sont délicieuses, mais comme ça au moins tu pourrais rester ouverte toute l'année. Tu te débrouilles très bien comme ça, mais tu t'inquiètes d'être à sec quasiment tous les hivers. Tu connais déjà le travail, et t'as une super réputation en ville en plus, expliqua-t-elle.

Mon ventre se noua de nervosité comme d'excitation à cette idée qui faisait doucement son chemin dans mon esprit.

— J'en sais rien. J'aime bien l'idée mais c'est quand même bien différent de mon petit food truck. Ce serait un sacré changement, et je n'ai pas envie de renoncer à mon affaire non plus.

Tess se tourna vers moi en glissant ses boucles dorées derrière son oreille.

— Je suis sûre que tu y arriverais. Je pourrais t'aider à monter un business plan pour la banque.

— Et moi je te donnerai un coup de main avec la compta.

Susie s'occupait déjà de la comptabilité du *Red Truck Coffee* mais j'imaginais que cela n'aurait rien à voir avec celle du *Misty Mountain Café*.

Je lançai un regard à mes deux amies, mon excitation grandissante.

— Bon, je vais y réfléchir. Je ne savais même pas qu'ils voulaient vendre. Vous savez pourquoi ils s'en séparent ? demandai-je à la tablée.

Ce fut Hannah qui répondit :

— Oui, la mère de Carol est malade. Comme sa famille n'est pas du coin, ils vont déménager pour se rapprocher d'elle.

— Oh, quelle horreur, murmurai-je.

— La vie est pleine de changements. C'est la seule chose qui est vraiment constante, répondit Emma.

Après avoir mangé, je saluai mes amies et filai aux toilettes avant de sortir. Mon attention avait plus d'une fois été attirée par Elias au cours du repas mais la foule l'avait en grande partie caché à mes yeux toute la soirée. Mon regard s'était posé sur lui une toute dernière fois en traversant le restaurant pour sortir et je l'avais salué d'un geste de la main que j'avais espéré naturel. Il m'avait saluée à son tour, son regard s'attardant sur moi juste assez longtemps pour embraser ma peau.

Lorsque je sortis, je remarquai que le soleil n'était pas encore tout à fait couché et que ses rayons illuminaient le ciel dans des tons de rose et de rouge. Les journées commençaient à se rallonger. Ayant grandi en Alaska, j'ignorais à quoi ressemblait le printemps ailleurs dans le monde mais ici, le temps semblait s'accélérer à cette période de l'année, à mesure que les journées rallongeaient et que les touristes affluaient. La neige n'avait même pas encore fondu partout et pourtant, j'avais déjà l'impression que tout se passait plus vite.

Une file s'était formée à l'entrée du restaurant et je la traversai rapidement. Quelque chose attira mon regard non loin de là et je me tournai instinctivement. Mon estomac se noua lorsque mes yeux se posèrent sur mon ex et sa femme ; celle dont j'avais toujours ignoré l'existence. Je ne connaissais même pas son vrai nom à lui jusqu'à ce que tout ça me pète au visage.

Je me figeai sur place sous le coup de la surprise. Malheureusement pour moi, une famille me bouscula pour entrer et je manquai de tomber à la renverse. Mon ex, que je connaissais sous le nom de Brad, détourna le regard pour dire quelque chose à sa femme. Son vrai nom était Joël. Sa femme, Fran, avait les yeux rivés sur moi et elle avait l'air d'avoir envie de m'étrangler. Je me sentais terriblement coupable, et ma honte me retourna l'estomac.

Je me remis en marche trop tard. Elle me rejoignit et se posta devant moi, le regard noir.

Joël, que j'avais un mal fou à ne pas appeler Brad, approcha à son tour et il l'empoigna par le bras.

— Arrête, Fran.

Et presque comme si l'univers avait décidé de rendre ce moment plus désagréable encore, Elias, Diego et Flynn sortirent du restaurant derrière moi.

La tension était palpable, tout du moins pour moi. Je ne savais même pas ce que Joël faisait là, étant donné qu'il ne vivait pas en ville.

— Tout va bien ? demanda Diego de son éternel ton amical.

Je me tournai vers lui, incapable de dire le moindre mot. Joël s'éloigna en traînant Fran derrière lui et elle cria :

— Non, tout ne va *pas* bien !

J'aurais voulu pouvoir disparaître. Je ravalai le nœud de honte qui me serrait la gorge.

— Tout va bien, dis-je enfin avant de partir en courant.

L'air frais du début de soirée m'enveloppa alors que je me dirigeais vers ma voiture, apaisant mes joues ardentes de honte. Lorsque j'atteignis mon SUV, j'ouvris la portière pour y entrer avant de remarquer qu'il penchait légèrement d'un côté. J'avais un pneu crevé.

— Merde, marmonnai-je pour moi-même.

J'avais besoin d'une minute alors, le ventre noué, je grimpai dans mon SUV et plaquai le front contre le volant.

— Merde, merde, merde.

Je me tapai la tête contre le volant alors qu'une larme, puis une autre et toute une rivière dévalaient mes joues.

J'avais tourné la page sur Joël depuis longtemps, mais j'étais loin d'être en paix avec ma stupidité. J'avais eu une liaison avec un homme marié sans même le savoir. Quelle conne. Mais *quelle* conne ! J'avais le cœur brisé et j'étais couverte de honte. Et comme si ça ne suffisait pas, j'avais un pneu crevé en plus du reste.

On toqua à ma fenêtre. J'ouvris lentement les yeux, de peur qu'il s'agisse de Joël, ou pire, de Fran. Quoique, j'aurais peut-être préféré qu'il s'agisse de

Fran. J'aurais pu lui présenter mes excuses une deuxième fois comme ça, au moins.

Lorsque j'ouvris enfin les yeux, je trouvai Elias en train de me regarder à travers la fenêtre. Je m'essuyai les joues rapidement et pris un mouchoir, espérant qu'il s'en irait.

— Ça va ? demanda-t-il à travers la fenêtre, sa voix étouffée.

Non, j'étais *loin* d'aller bien, mais je doutais qu'Elias s'en aille aussi facilement. Je soufflai pour reprendre courage et j'ouvris ma portière.

— J'ai un pneu crevé.

Elias sonda mon visage en silence, ravivant ma honte. Je n'avais aucune envie que le mec pour lequel je craquais me voie dans un état pareil.

— J'ai vu. C'est pour ça que je suis là, dit-il enfin. Je suis garé juste à côté.

Il pointa du doigt un pick-up bleu marine qui lui allait comme un gant ; discret et pratique à la fois.

— T'as une roue de secours ?

Cette question était tout à fait logique, mais il me fallut un sacré moment pour mettre de l'ordre dans mes pensées après la claque que m'avait mise cette mauvaise rencontre.

— Ouais, dis-je d'une voix rocailleuse.

Il s'écarta alors que je sortais de voiture. J'allais ouvrir mon coffre et soulevai la trappe de la roue de secours. Sauf qu'elle était vide. Je me redressai et levai la tête pour regarder le ciel. Sa beauté aurait dû m'interpeler. Le soleil tombait doucement sur l'horizon et les couchers de soleil étaient époustouflants en Alaska au printemps, lorsque le ciel se parait de mille couleurs. Mais je le remarquai à peine.

Je me tournai vers Elias dans un soupir.

— En fait non. Je n'ai pas de roue de secours.

Nous nous tournâmes tous deux vers la trappe vide, où l'absence de roue semblait me narguer.

— T'as acheté ta voiture d'occasion, ou t'as utilisé la roue de secours et t'as oublié de la remplacer ?

— Je l'ai achetée d'occase l'an dernier et je n'ai même pas pensé à vérifier s'il y en avait une, dis-je dans un soupir fatigué.

Un sourire compatissant étira ses lèvres.

— Je vais jeter un œil à ta roue. J'ai un truc à air dans mon coffre.

— Un truc à air ?

Il haussa les épaules, attirant mon regard sur ses muscles alors qu'il se dirigeait vers sa voiture. Et merde, il avait de sublimes épaules. Bien musclées et qui peinaient à être contenues par son T-shirt bleu marine. L'air avait beau être frais, il ne semblait même pas le remarquer. C'était ce genre d'homme-là. Qui irradiait sûrement de chaleur au point de ne pas avoir besoin de veste en hiver. Bon, j'exagérais peut-être un peu.

Je le suivis jusqu'à son pick-up. Le coffre était rempli d'outils.

— Je croyais que t'étais pilote, dis-je.

Il me lança un petit sourire, faisant bondir mon cœur.

— C'est le cas. Mais je suis doué pour tout un tas de trucs. C'est toujours pratique d'avoir des outils.

— D'accoooord.

— Je vais d'abord regarder ton pneu.

Il retourna à ma voiture et s'agenouilla à côté du pneu sur lequel il fit courir sa main. Merde ! Même ses mains étaient sexy. Je me demandais ce que ce serait, de les sentir sur mon corps. Dire que j'étais tout émoustillée de le voir tripoter mon pneu. Quelque chose devait vraiment clocher chez moi.

Ses mains étaient puissantes et un peu abîmées, comme s'il savait s'en servir avec expertise, et je ne doutais pas que ce soit le cas. Il se redressa et me regarda, les sourcils froncés.

— Quelqu'un a crevé ton pneu.

— Quoi ? couinai-je.

Il acquiesça, l'air grave. Puis il se pencha de nouveau pour examiner le trou dans mon pneu.

— J'ai peut-être juste roulé dans un truc, non ?

J'étais si choquée que je ne me rendais même pas compte combien cela était illogique.

— Le trou est sur le côté du pneu, me fit-il remarquer.

La peur et la honte que j'avais ressenties en voyant Joël et Fran devant le restaurant revinrent me frapper de plein fouet et je me sentis malade.

— Oh.

— Je vais te ramener. On s'occupera de ton pneu demain.

— Je ne... commençai-je.

Je me tus rapidement lorsqu'Elias me lança un regard sévère.

— Tu n'as pas de roue de secours et moi je suis là. On changera ton pneu demain.

Je fus tentée de le contredire mais cela aurait été idiot, je le savais bien. Je poussai un soupir et j'acquiesçai.

— Bon, d'accord. Merci.

Je récupérai mon sac à main dans mon SUV avant de le verrouiller et je suivis Elias jusqu'à son pick-up. Il prit soin de m'ouvrir la portière. J'étais encore chamboulée par toutes les émotions qui se bousculaient en moi mais montai malgré tout, et je bouclai ma ceinture. Il ferma la portière avant de contourner sa voiture pour s'installer sur le piège conducteur. Je remarquai qu'il boitillait légèrement. J'aurais sans doute manqué ce détail si je n'avais pas su qu'il s'était cassé la cheville quelques mois plus tôt.

Un silence s'installa entre nous alors qu'il démarrait son pick-up pour sortir du parking de la station de ski. Il s'arrêta au stop et se tourna vers moi.

— Quoi ? demandai-je.

— Je ne sais pas où tu vis.

— Ah.

Je me sentis bête. C'était le thème de cette soirée, de toute évidence.

— De l'autre côté de la ville. Il faut descendre la colline et traverser le centre en direction du port.

— Bien madame, dit-il en acquiesçant.

Il se mit en route et ma nervosité me submergea, menaçant de fissurer mon masque d'impassibilité. La soirée ne s'était pas franchement bien terminée. Je tentai de maîtriser ma respiration malgré tout, soulagée qu'il ne cherche pas à papoter.

Même s'il fallait admettre qu'Elias n'avait jamais été vraiment du genre à papoter. Il venait au café depuis des années et je ne savais toujours pas grand-chose de lui.

— Comment tu vas ? lui demandai-je, espérant rompre le flot de mes pensées noires.

Je trouvai son regard sur moi lorsque je me tournai vers lui et l'espace d'un instant, l'air me sembla étouffant autour de nous.

— Ça va. Qu'est-ce qui s'est passé au restaurant ? demanda-t-il sans quitter la route du regard.

Je n'avais aucun mal à deviner à quoi il faisait allusion, mais je préférais jouer l'idiote.

— Comment ça ?

— Devant l'entrée. T'avais l'air sacrément secouée.

Et merde. Autant être honnête, si ça pouvait mettre un terme à la discussion plus rapidement.

— J'ai eu une liaison sans le savoir avec un mec marié l'année dernière et je me sens vraiment mal. Le type en question et sa femme étaient devant le restaurant. Je ne savais pas que j'avais le statut de maîtresse parce qu'il m'a menti et qu'il m'a donné un faux nom. Il vit du côté d'Anchorage mais il vient souvent ici pour le travail en été, et c'est comme ça qu'on s'est rencontrés. Je me suis laissé embobiner. Bref, je ne sais même pas ce qu'il lui a dit. Moi, dès que j'ai compris dans quoi j'avais mis les pieds, j'ai tout de suite arrêté. J'ai appelé sa femme pour m'excuser, mais elle avait l'air de croire que je savais ce que je faisais. Et je me sens encore comme une merde à cause de tout ça.

— Bordel de merde, c'est horrible, Cammi. Ce type est un vrai connard.

— Ouais. J'ai l'impression d'être la fille la plus conne au monde.

Elias se tut pendant un moment et son clignotant déchira le silence, assourdissant, alors qu'il s'arrêtait sur le bas-côté de la route. Il se tourna vers moi, soutenant mon regard. Ses yeux me coupèrent le souffle et affolèrent mon cœur.

— Tu n'es pas conne du tout, et tu ne méritais pas ça non plus. Loin de là. On ne peut pas attendre de toi que tu te demandes si tous ceux que tu rencontres te mentent sur qui ils sont ou pas. Ce n'est pas une vie, ça. Bon, t'as fait confiance à la mauvaise personne, d'accord. Ça arrive. Mais cette erreur ne te définit pas. Tu mérites bien mieux que ça.

Elias ne m'avait *jamais* dit autant de choses d'un coup. Il avait un air protecteur et semblait furieux pour moi. Mon cœur bondit dans ma poitrine et je ravalai comme je le pus l'émotion qui me submergeait.

— Je sais, mais merci de le dire.

Il acquiesça avant de se remettre en route. L'air était encore électrique entre nous et j'avais l'impression d'entendre le moindre de mes battements de cœur résonner dans tout mon corps. J'avais chaud et ma peau me picotait. La présence d'Elias me chamboulait et je n'avais de cesse de lui voler des regards. Il conduisait d'une seule main posée sur le haut du volant. Je fis courir mes yeux de son épaule à son avant-bras musclé jusqu'à cette main.

Et je me détournai lorsque mon regard trouva sa mâchoire. Elias était une vraie bombe, comme Susie le disait si bien. Il était absolument renversant. Ses traits étaient francs mais doux à la fois, presque élégants. Il avait le nez droit et des pommettes marquées. Mon regard s'attarda sur ses lèvres, affamé. Elles étaient pleines et sensuelles, mais masculines à la fois.

Tout chez Elias était masculin. Il irradiait la force et l'assurance.

— Cammi ?

Sa voix rauque me fit presque sursauter. Mon esprit s'était sacrément égaré.

— Où est-ce que je tourne ? Tu m'as dit qu'il fallait dépasser le port et on est plus très loin, ajouta-t-il.

— Oh, désolée. Tu veux bien t'arrêter à mon food truck, en fait ?

J'avais oublié de récupérer mon ordinateur en partant. J'aimais faire les comptes chaque soir en rentrant.

— Si ça pose problème…

— Mais non, dit Elias avec un sourire resplendissant.

Il ralentit pour tourner et s'engagea sur le petit parking en graviers de mon food truck.

— J'avais prévu d'y passer en rentrant. De toute

évidence, je n'avais pas prévu que quelqu'un me crève un pneu, murmurai-je en rougissant.

— On s'y attend rarement, je pense, dit-il d'une voix sèche.

Les graviers crissèrent sous ses pneus alors qu'il se garait. J'avais beau posséder ce food truck depuis des années, je me sentais fière chaque fois que je le voyais. Je l'avais peint moi-même, dont la devanture, à l'époque où je m'étais offert ce petit bijou pour un prix plus que raisonnable. Il y avait une station essence ici à une époque, mais elle avait brûlé. La ville l'avait démolie et lorsque j'avais demandé à y garer mon camion, ils avaient accepté sans hésiter. J'étais fière de ma petite affaire.

Je repensai soudain à ma conversation avec mes amies au sujet de l'achat du plus grand café de la ville, mais je fis taire cette idée rapidement. Il fallait que je me dépêche d'aller chercher mon ordinateur pour ne pas faire attendre Elias. Je défis ma ceinture et je sortis.

— Je reviens.

Je contournai le camion en direction de la porte et me figeai sur place lorsque je trouvai la porte grande ouverte.

— Tout va bien ?

Je sursautai. Je n'avais même pas entendu Elias me suivre.

— J'ai vu que la porte était ouverte, dit-il en se postant à côté de moi.

Je lançai un regard à l'intérieur et allumai la lumière. Après le pneu crevé au restaurant, je commençais à m'inquiéter. Même si cette idée ne me plaisait pas, je craignais que cela soit l'œuvre de mon ex ou de sa femme. Et maintenant ça ? Non, ce serait complètement dingue. Brad, ou Joël, n'avait aucune raison d'entrer dans mon camion par effraction. Je ne voyais pas sa femme faire ça non plus.

J'entrai, Elias sur mes talons. Je ne m'inquiétais pas franchement de trouver quiconque à l'intérieur. Il n'y avait nulle part où se cacher. On avait forcé la porte à deux reprises au fil des années, chaque fois l'œuvre de gamins idiots qui cherchaient un peu de monnaie. Un soir, les flics avaient même trouvé deux gamines en train de préparer un café pour leurs copains. Elles étaient complètement défoncées et avaient apparemment trouvé leur arrestation hilarante.

J'inspectai l'intérieur du camion rapidement mais ne vis rien qui m'interpela. Soudain, j'entendis un petit grincement.

— Qu'est-ce que... ?

Je me tournai et mon regard se posa sur la croupe d'un porc-épic qui faisait ce qu'il pouvait pour se cacher derrière mes étagères.

— Oh, merde. J'ai dû mal fermer le verrou.

— Alors voilà ton voleur, dit Elias en riant.

Le porc-épic agita l'arrière-train et ses piquants se dressèrent. Malgré sa réputation épineuse, qui était pourtant bien méritée, le porc-épic était un animal timide.

— Il doit avoir un peu faim. C'est vrai que tu vends des muffins et des cookies délicieux.

— Comment je vais faire pour le mettre dehors ?

Nous allâmes nous poster à la porte, à l'autre bout du camion où le porc-épic s'efforçait de disparaître derrière un rideau violet pendu à mes étagères.

Je souris en voyant le rideau à fleurs drapé sur son arrière-train couvert de piques. C'était incongru.

Elias m'empoigna par le coude.

— On arrivera peut-être à l'attirer dehors si on sort et qu'on ouvre grand la porte.

— Tu crois ?

— On peut toujours essayer.

Elias et moi sortîmes et nous prîmes soin de laisser la porte ouverte avant de contourner le camion. Il cogna doucement la carrosserie non loin de l'endroit où le porc-épic s'était réfugié et nous l'entendîmes aussitôt bouger. Il tapa plus fort et nous vîmes alors le porc-épic dévaler tant bien que mal les marches du camion. Il avait beau avoir l'air de se précipiter, il était loin de courir vite alors qu'il traversait le parking pour aller disparaître entre les arbres, de l'autre côté.

Je ris.

— Bon, on ne s'est pas fait piquer au moins.

— T'as déjà été piquée par un porc-épic ? me demanda-t-il alors que nous retournions dans le camion.

— Oui, quand j'étais gamine et un peu trop curieuse. Ça m'a fait mal mais ce n'était rien de grave, les piquants ne rentrent pas très loin dans la peau.

Je me penchai pour récupérer mon ordinateur rangé dans un placard verrouillé. Lorsque je me redressai, Elias commenta :

— C'est dingue, rien que le fait d'être là me donne envie de café.

— Je peux t'en faire un si tu veux.

— Je ne dirais jamais non à une telle proposition, dit-il d'un ton si solennel que je ne pus m'empêcher de rire. Mais je n'ai pas envie de t'embêter.

— Ça ne m'embête pas du tout. C'est le moins que je puisse faire étant donné que tu me ramènes chez moi et qu'en plus tu m'as sauvée du porc-épic.

Une brise fraîche venue du port s'engouffra dans le camion, claquant la porte brutalement.

— Je la rouvre ? demanda-t-il.

— Non, il fait froid de toute façon. Autant qu'on se mette à l'aise si on veut boire un café.

J'allumai ma machine à café industrielle et ouvris le placard du dessus où je rangeais tout mon nécessaire.

— Comme d'habitude ?

— Je veux bien, oui.

Il n'était pas rare que je travaille aux côtés d'autres personnes dans mon camion. J'engageais souvent du monde pour m'aider en été, mais c'était la toute première fois que je me retrouvais ici tard la nuit, seule avec un homme que j'avais envie d'embrasser à un point tel que j'en avais presque mal.

Elias s'appuya contre le plan de travail du mur du fond tout en me regardant préparer le café.

— C'est très bien rangé ici, commenta-t-il en scrutant l'intérieur.

— Il faut bien. C'est petit. Ce serait invivable si c'était le bazar.

Je fis couler son café et me tournai vers lui. Nous n'étions qu'à quelques pas l'un de l'autre. Son regard arpenta tout mon corps avant d'aller trouver le mien. Mes pensées s'embrouillèrent et je peinai soudain à reprendre mon souffle. J'oubliai presque d'arrêter la machine, mais elle sonna pour me faire savoir que le café était prêt et je me tournai pour l'arrêter.

Une minute plus tard, je lui tendis son café. Il se redressa pour sortir son portefeuille de sa poche arrière et je secouai la tête.

— Ah non, hein. C'est pour te remercier de me raccompagner chez moi.

Troublée par sa présence, je m'occupai en rangeant. Je l'entendis boire, après quoi il poussa un soupir de plaisir.

— Trop bon.

Je le regardai en souriant.

— C'est vrai ?

Elias soutint mon regard en acquiesçant.

— Oui. C'est pour ça que je passe ici en allant au travail tous les matins.

Il posa son café sur le plan de travail et me surprit en me prenant la main.

Je n'eus même pas le temps de me demander ce qu'il faisait qu'il m'attira vers lui. Je me retrouvai entre ses pieds, prise au piège entre ses cuisses puissantes. Je soutins son regard juste assez longtemps pour être tentée de baisser la tête sous le coup de la gêne. Mon cœur battait la chamade et je peinais à reprendre mon souffle.

Puis il leva la main, effleurant mon menton avant de faire courir son pouce sur ma lèvre inférieure. J'oubliai aussitôt comment respirer.

Chapitre Neuf

ELIAS

Les yeux de Cammi s'assombrirent. Ses lèvres s'entrouvrirent et je brûlai d'envie de les embrasser.

Je ne m'étais jamais autorisé à passer beaucoup de temps avec Cammi, préférant fuir cette douceur que je percevais en elle, cette gentillesse profonde dont elle faisait preuve. J'avais cru devenir fou lorsqu'elle m'avait raconté ce que ce monstre lui avait fait. Il me paraissait évident qu'elle ne se serait jamais intéressée à un homme marié. Elle était bien trop loyale pour ça.

Je ressentais un profond besoin de la protéger, et j'avais envie de casser la gueule du connard qui avait osé la traiter ainsi. Je détestais penser que sa bonté naturelle puisse être salie par un quelconque cynisme.

Et, pour être tout à fait honnête, j'avais envie d'elle. Tellement même que j'en commençais à être las de lutter contre mon désir ardent.

— Je vais t'embrasser, maintenant.

Ma voix était rauque, empreinte de l'envie qui m'animait.

Les cils de Cammi effleurèrent sa joue avant qu'elle ne lève la tête pour croiser mon regard.

— D'accord, murmura-t-elle.

J'ignorais quand ou comment, mais j'avais glissé le bras autour de sa taille, la main posée en bas de son dos. Trop égoïste et avide pour résister, je la glissai lentement jusqu'à ses fesses comme je rêvais de le faire depuis toujours.

La respiration de Cammi s'affola et elle poussa un petit gémissement alors que je la rapprochai de moi. Ses courbes tentatrices se blottirent contre mon corps. Son odeur de sucre et de fleurs emplit mes narines. Je posai ma main libre sur sa nuque et elle redressa la tête alors que je me penchai pour effleurer ses lèvres du bout des miennes. Je voulais l'embrasser doucement, d'abord, mais je fus incapable de me contenir. J'eus l'impression d'être foudroyé sur place à l'instant même où mes lèvres se posèrent sur les siennes.

Tout mon corps s'embrasa, et la seule façon d'échapper aux flammes était d'y plonger. Je grognai alors qu'elle gémissait dans ma bouche et j'enfouis ma langue entre ses lèvres pour aller caresser la sienne.

J'oubliai aussitôt toutes mes intentions, même si j'étais loin d'avoir réfléchi à tout ça. Je malaxai ses fesses avant de glisser ma main sous son T-shirt pour aller la poser sur son sein. Son téton se tendit sous ma paume à travers son soutien-gorge en soie et je grognai alors que je le caressais à l'aide de mon pouce.

Bordel. Il m'en fallait plus, et maintenant. Cammi me caressait le torse d'une main, glissa l'autre sous ma chemise, son toucher chaud sur ma peau. Je m'arrachai à ses lèvres pour reprendre mon souffle. Lorsque je croisai son regard, je notai qu'elle haletait, que ses lèvres étaient humides et gonflées, et sa peau d'une adorable teinte rose.

Je caressai son téton de nouveau et la sentis serrer les cuisses. Il m'en fallait encore.

Mes yeux braqués sur les siens, je penchai la tête pour déposer une volée de baisers le long de sa clavicule jusqu'à sa gorge. Elle haleta mon nom et je relevai son T-shirt, manquant presque de défaillir lorsque je constatai qu'elle portait un soutien-gorge en dentelle noire. Ses tétons roses me provoquaient à travers la dentelle transparente. Je fis courir ma langue sur l'un de ses tétons avant de le suçoter doucement, savourant son petit gémissement et la sensation de ses doigts dans mes cheveux.

Je n'avais pas eu l'intention d'aller si loin ce soir, mais ma queue était si dure que c'en était presque douloureux. La douce Cammi me tentait depuis trop longtemps.

Elle avait toujours aimé porter des jupes et je fus profondément soulagé qu'elle ait décidé de le faire ce soir, avec des bottes, bien entendu. C'était son style. Féminin et masculin à la fois. J'adorais ça.

Affamé, je la soulevai et la fis asseoir sur le plan de travail derrière elle, celui-là même où elle m'avait préparé du café un million de fois par le passé.

Je fis courir mes mains le long de ses jambes, remontant sa jupe jusqu'à sa taille.

— Qu'est-ce que tu fais ? murmura-t-elle lorsque je plongeai la main entre ses cuisses jusqu'à la soie trempée qui s'y trouvait.

— C'est toi qui vois. Soit j'arrête, soit je te fais jouir sur mes doigts, là, maintenant.

Elle écarquilla les yeux alors que ses lèvres s'entrouvraient et j'en profitai pour l'embrasser de nouveau. Sa langue livrait bataille contre la mienne.

Je reculai et j'insistai,

— Dis-moi ce que tu veux.

— Ben dit comme ça...

Elle rougit violemment en baissant la tête.

— Regarde-moi.

Ses splendides yeux bleus retrouvèrent les miens.

— Quoi ? murmura-t-elle.

— Tu sais depuis combien de temps j'attends ça ?

Elle secoua la tête.

— Depuis le premier jour que je t'ai vue.

Je laissai mes mots se suspendre entre nous et la regardai haleter.

— Alors, où est-ce que j'en étais ?

Je me penchai pour embrasser son cou de nouveau. Elle se cambra contre moi en gémissant lorsque je la mordillai. Puis je me redressai et j'ajoutai :

— Dis-moi juste d'arrêter si ce n'est pas ce que je veux.

— Alors ça, aucune chance, dit-elle d'une voix rauque. Je n'ai jamais trop voulu y penser mais je te veux depuis qu'on s'est rencontrés.

Elle se mordilla la lèvre. Je l'embrassai passionnément avant de glisser la main entre ses jambes pour caresser la soie mouillée de sa culotte. Puis je l'écartai et poussai un rugissement de satisfaction en trouvant sa féminité trempée.

Cammi poussa un gémissement alors que je faisais courir mon doigt le long de ses lèvres intimes. Je m'écartai pour pouvoir l'admirer. Ses joues rouges, sa poitrine qui se soulevait à toute vitesse et son regard noir d'envie. Elle était époustouflante.

Je me penchai pour lui mordiller le lobe de l'oreille. Elle gémit lorsque j'enfouis deux doigts en elle. J'avais besoin de goûter ses lèvres douces, aussi je déposai de tendres baisers dans son cou avant d'aller retrouver sa bouche.

Elle ondulait les hanches au rythme de mes caresses alors que je plongeais mes doigts plus profondément en elle et elle murmura quelque chose contre mes lèvres. Je m'écartai pour lui demander :

— Oui ?

Elle ouvrit les yeux, l'air un peu ailleurs.

— J'en sais rien. Je crois que j'ai dit ton nom.

Je caressai son clitoris et la regardai se mordre la lèvre alors qu'elle gémissait en pressant sa féminité contre ma main. Bordel, c'était une vraie torture de voir Cammi fondre de plaisir contre moi, sans la moindre retenue. Je pouvais sentir ma queue frotter contre ma braguette tant elle était tendue.

Ça devrait attendre. Je finirai par faire Cammi mienne un jour ou l'autre mais pas ici, à l'arrache dans ce food truck.

— Jouis pour moi, murmurai-je en faisant aller et venir mes doigts en elle. Dis-moi ce que tu veux.

Elle poussa un gémissement frustré.

— Plus vite, dit-elle enfin d'un air un peu autoritaire.

Je m'exécutai, taquinant son bouton de plaisir à l'aide de mon pouce.

— Oh oui, encore, haleta-t-elle.

Je sentis ses muscles se resserrer autour de mes doigts et je poursuivis donc, allant et venant à toute vitesse tout en caressant son clitoris. Elle s'agrippa au plan de travail d'une main tout en se cambrant, et elle poussa un long gémissement avant de crier mon nom.

J'attendis que son corps cesse de trembler avant de retirer mes doigts lentement et de remettre sa culotte en place. L'évier se trouvait juste à côté, mais je voulais goûter sa saveur avant toute chose, et je plongeai mes doigts dans ma bouche. Je les suçai alors que Cammi ouvrait les yeux.

Ses lèvres s'entrouvrirent de nouveau, ses yeux encore noirs. Son camion était plongé dans le silence à l'exception de sa respiration affolée qui s'apaisait doucement. La mienne, quant à elle, était assourdissante. Mais il était hors de question que je me laisse aller. Pas ce soir.

Une tendresse étrange me serra le cœur alors que je la fixai. Cette fille m'avait charmé dès l'instant où j'avais posé les yeux sur elle. Si elle me connaissait, *vraiment*, je doutais qu'elle serait là maintenant.

Elle glissa la main entre nous pour la poser sur ma queue à travers mon jean. Elle la caressa avec assurance et ma virilité bondit sous son toucher.

— Laisse-moi... commença-t-elle.

Ses mots moururent sur ses lèvres lorsque je secouai la tête.

— Pas ce soir. Je ne veux pas être trop gourmand.

Elle me regarda d'un air interrogateur et je lui caressai les cheveux avant d'effleurer sa joue.

— La première fois que je plongerai en toi, ce ne sera pas ici, dans ton food truck.

Ses yeux sondèrent les miens.

— Qu'est-ce qu'il a de mal, mon café ?

CAMMI

Les yeux sombres d'Elias cherchèrent les miens alors qu'il secouait lentement la tête.

— Bien sûr que non, je l'adore. Et il va falloir qu'on le baptise, mais je veux que notre première fois se fasse ailleurs.

L'idée que nous nous unirions plus d'une fois fit virevolter des papillons dans mon ventre. Si Elias venait de me procurer un orgasme résonnant qui aurait dû me rassasier, il était si renversant que j'en aurais encore voulu bien plus.

Un peu ailleurs, il m'aida à me relever et il baissa ma jupe sur mes jambes. Cette version d'Elias ne ressemblait en rien à ce à quoi je m'attendais.

Cela faisait des années qu'il venait prendre son café ici. Il était toujours poli et me donnait souvent un pourboire généreux, mais il ne disait jamais grand-chose. Avec son éternel air renfrogné, j'avais toujours pensé qu'il ne devait pas m'aimer. J'avais encore du mal à me faire à l'idée qu'il m'ait désirée dès le jour de notre rencontre.

Il se montrait très tendre, ce soir, bien qu'encore

discret. Il attendit que je range mes affaires patiemment, en buvant son café avec un petit sourire. Puis il me raccompagna chez moi et insista pour me suivre jusqu'à ma porte, même si je trouvais ça un peu exagéré.

Alors que je m'apprêtais à entrer, il m'arrêta pour s'emparer de mes lèvres dans un dernier baiser passionné. Je m'appuyai contre la porte après l'avoir fermée, effleurant mes lèvres du bout des doigts, comme si cela me permettrait d'y retenir son baiser. J'avais l'impression que des feux d'artifice miniatures étaient en train d'exploser dans tout mon corps.

Je tendis l'oreille et écoutais ses pneus crisser sur les gravillons de mon allée alors qu'il se remettait en route, et je me demandai un instant quand je le reverrais. Il avait insisté pour enregistrer mon numéro dans son téléphone, et m'avait assuré qu'il m'appellerait bientôt.

La soirée avait été pour le moins étrange. Mon dîner avec mes amies avait été agréable, mais gâché par ma rencontre fortuite avec Brad, non, Joël, et sa femme. Sans parler de mon pneu ! On me l'avait crevé. Je ne pouvais m'empêcher de me demander si c'était l'œuvre de Joël ou de Fran, mais cette idée me semblait folle. Il fallait que j'apprenne à accepter l'idée que je n'avais aucun pouvoir sur l'opinion que Fran pouvait bien avoir de moi.

Je ne pouvais rien changer au fait qu'elle me pensait coupable d'avoir eu une liaison avec son mari en toute connaissance de cause. Mon cœur se serra sous le coup de mon amertume. Je fis taire ces pensées rapidement et montai prendre une douche, presque à contrecœur. Je n'avais aucune envie de me séparer de l'odeur d'Elias.

———

Le lendemain matin, je demandai à un voisin de m'emmener à mon camion au petit jour. J'ouvrais à cinq heures en été, si bien que mes journées commençaient avant l'aube. Être une lève-tôt me permettait de fournir le café de tous les pêcheurs et touristes qui se rendaient au port et avaient besoin d'un petit coup de fouet pour commencer la journée, et cela rapportait gros à mon affaire. J'avais toujours aimé travailler à cette heure-là. Le monde me semblait si calme en début de matinée, comme si on connaissait un secret que tout le monde ignorait, ou du moins la majorité des gens. J'adorais regarder le lever de soleil. Ça me donnait l'impression de voir le monde se réveiller.

Quelques heures plus tard, à huit heures, le rush matinal se calma enfin. J'avais servi tous ceux qui faisaient la queue devant mon camion et je m'attendais à recevoir encore quelques clients avant le déjeuner.

Je tournai le dos au comptoir pour récupérer des gobelets propres et sortir les muffins achetés à l'auberge. Je les plaçai dans ma vitrine, un peu absente.

Je n'avais jamais voulu faire de la compétition au *Misty Mountain Café* avec mon affaire. Sachant qu'ils avaient une cuisine et proposaient un vrai service, la seule chose avec laquelle je pouvais le faire de l'ombre était mon café. Je devais admettre que le mien était bon, souvent meilleur que le leur.

Je pris note de rediscuter de l'achat éventuel du café à Tess et Susie. J'entendis une voiture se garer sur le parking quelques instants plus tard et je me tournai, prête à accueillir mon prochain client.

Mon regard se posa sur Elias, qui sortait de son pick-up. Mon pouls s'affola aussitôt et mon ventre bondit.

Bordel de merde. Ce type était une vraie bombe. Le commentaire de Susie n'avait de cesse de hanter mon esprit, peut-être parce qu'il était si pertinent. Il portait un jean usé qui moulait ses cuisses puissantes à la perfection. Il avait mis des bottes et un T-shirt bleu clair qui mettait délicieusement en valeur son torse musclé et ses épaules fortes. Je remarquai de nouveau qu'il boitillait légèrement et mon cœur se serra.

Il ne marchait plus avec ses béquilles, mais je savais que sa blessure à la cheville avait eu du mal à guérir. J'espérai qu'il n'avait plus mal.

J'eus l'impression que ma peau s'embrasa à la minute même où il s'arrêta devant ma fenêtre. Je frissonnai un peu malgré moi en me rappelant comment j'avais joui sur ses doigts, assise là, sur ce même plan de travail sur lequel j'étais en train d'arranger des gobelets de café.

— Coucou, couinai-je.

Elias inclina la tête.

— Salut. Tu crois pouvoir t'esquiver à un moment aujourd'hui ?

— M'esquiver ?

Il acquiesça de nouveau.

— Oui. J'ai changé ton pneu. Je voulais te ramener ton SUV mais je ne peux malheureusement pas conduire deux véhicules à la fois, me dit-il avec un petit sourire.

— T'as changé mon pneu ? Déjà ? Comment t'as fait ?

Il posa un billet de dix dollars sur le comptoir et mon regard se posa sur ses mains. Oh bon sang, je ne savais que trop bien de quoi elles étaient capables. Mes joues brûlaient lorsque je relevai la tête. S'il remarqua mon trouble, il ne fit pourtant pas le moindre commentaire.

— Je suis un lève-tôt. Je peux avoir un café ?

J'étais si gênée que je m'exécutai sans un mot.

— Je vais prendre comme d'habitude, précisa-t-il.

Je me tournai vers lui brusquement.

— Ah, oui ! Je ne t'ai même pas demandé. Mais bon, tu n'as jamais rien pris d'autre que ce que tu prends d'habitude.

Un sourire effleura ses lèvres et il me sembla spécial, comme une sorte de cadeau que j'aurais voulu pouvoir prendre et garder pour moi pour toujours.

— C'est vrai.

Je m'attelai à la préparation de son café.

— T'étais pas obligé de changer mon pneu. Mais je t'en suis très reconnaissante, évidemment. Et si t'as besoin que je te renvoie l'ascenseur un jour, n'hésite pas. Peut-être pas en changeant ta roue, mais s'il y a quoi que ce soit d'autre...

Je lui donnai son café.

— Cadeau de la maison.

— Hors de question, répondit-il d'une voix blanche.

Nous nous fixâmes en silence, après quoi il fourra son billet de dix dans mon gobelet à pourboires et but une gorgée de café.

— Délicieux. Daphné m'en a fait un avant de partir mais il est loin d'être aussi bon que le tien.

— Je suis un peu experte dans le domaine.

— Ça, c'est bien vrai.

Nous nous tûmes pendant quelques minutes alors qu'il sirotait son café, et je remerciai en silence le ciel de ne pas avoir d'autres clients. Ce n'était pas inhabituel, à cette heure. La majorité des habitants de la ville se levaient aux aurores. Une fois le rush du matin passé, j'avais généralement moins de clients avant que les retardataires se lèvent.

— Ah, mais j'y pense. J'ai bien une faveur à te demander en retour, dit-il.

— Tout ce que tu voudras.

Il pencha la tête sur le côté en haussant un sourcil.

— Tout ? Attention à ce que tu promets.

Je levai les yeux au ciel.

— Dis-moi.

Elias se pinça les lèvres, l'air un peu gêné.

— Daphné organise une collecte de fonds dans quelques semaines. Elle travaille là-dessus avec Tess et c'est en train de prendre une sacrée ampleur.

— C'est une collecte pour quoi ?

— Une association qui contribue à la recherche des maladies rares chez les enfants. Je ne sais pas si tu es au courant, mais son fils est mort d'un cancer du cerveau.

J'acquiesçai, le cœur serré.

— J'en ai entendu parler. C'est vraiment triste.

— Oui, mais elle n'est pas du genre à se laisser abattre, du coup elle se change les idées avec cette collecte. Bref, elle voudrait que tout le monde vienne et je me demandais si ça te dirait d'y aller avec moi.

J'étais si choquée que ma mâchoire se décrocha.

Il eut presque l'air inquiet.

— C'est trop ?

Je bafouillai, encore surprise par sa question.

— Bien sûr que non. Je serais ravie d'y aller avec toi. C'est où ?

— Quelque part à Kenai. Je ne sais plus trop où.

— Je viens.

Elias but une nouvelle gorgée de café avant de jeter un regard à sa montre.

— Super. Il faut que j'aille à l'aérodrome. J'accompagne Diego sur un vol. Mon premier depuis des mois.

Un sourire traversa ses lèvres et je tapai dans mes mains, heureuse pour lui.

— Oh mais c'est super !

Je retrouvai l'Elias ronchon lorsqu'il leva les yeux au ciel.

— Pas vraiment, c'est mon travail.

— Oui mais bon, t'as survécu à un crash d'avion et ta cheville était dans un piteux état. C'est super que tu puisses reprendre le travail. Et tant pis si ça ne t'enthousiasme pas autant que moi.

Je me tournai pour prendre un muffin orange/cranberry, ses préférés. Je le lui tendis en ajoutant :

— Pour te porter chance. Envoie-moi les détails de la collecte de fonds par message, d'accord ?

— Il faut que je t'emmène chercher ton SUV, me rappela-t-il. Je devrais être rentré vers treize heures. Tu penses pouvoir te libérer dans ces eaux-là ?

Je fus un instant tentée de lui dire que je demanderais à quelqu'un d'autre de m'emmener, surtout parce que j'étais un peu submergée parce qu'il m'arrivait. Mais Elias m'avait donné un sacré coup de main en se chargeant de changer mon pneu et je ne voulais pas risquer de le vexer en refusant.

— Oui, pas de soucis. Je devrais avoir quelqu'un pour me remplacer cet après-midi.

Il soutint mon regard, juste assez longtemps pour affoler mon cœur.

— Bon, on se voit tout à l'heure, alors.

Je profitai du fait qu'il s'éloigne pour mater son beau petit cul et ne parvins à m'en détourner que lorsque deux voitures se garèrent sur le parking.

Chapitre Onze

ELIAS

Un agréable sentiment de paix m'emplit alors que je stabilisais le petit avion dans les airs après avoir atteint mon altitude de croisière. Les sensations étaient complètement différentes dans un avion deux places comparé à un avion qui effectuait des vols commerciaux. À cette altitude, les montagnes qui surplombaient l'étendue d'eau de Kachernak Bay qui scintillait dans les rayons du soleil étaient si proches qu'on avait presque l'impression de pouvoir tendre la main pour les toucher.

— Bordel, ça fait un bien fou de voler de nouveau, commentai-je dans mon casque.

Je lançai un regard à Diego à côté de moi. Il me sourit.

—J'imagine, ouais. Comment ça va, ta cheville ?

Je levai le pied et le tournai lentement.

— Elle n'est pas encore tout à fait guérie mais ça va. Assez pour voler.

— Tant mieux, me dit-il d'une voix ferme. Je ne me verrais pas rester sur la terre ferme aussi longtemps.

— Oui enfin, c'est quand même pas aussi terrible que la dernière fois, répondis-je.

— C'est vrai. J'oubliais que t'avais déjà été interdit de vol pendant six mois.

Il se tut un moment avant d'ajouter :

— Ça te fait encore mal ?

Je haussai les épaules.

— Un peu. Je vais sûrement pouvoir prédire la météo avec ma cheville pour le restant de mes jours. Mais bon, un petit Doliprane et ça repart.

Mes épaules se tendirent malgré moi.

Ma dernière interdiction de vol n'avait pas été due à un crash aérien. C'était l'un de nos amis, Greg, qui avait eu un accident. De mon côté, je faisais partie de l'équipe déployée pour lui venir en aide. Il y avait eu une explosion de gaz alors que nous travaillions. Je n'avais pas été gravement blessé, seulement brûlé au niveau du dos, là où mon T-shirt avait pris feu. La douleur provoquée par une brûlure était unique en son genre. On m'avait donné des antidouleurs. De vrais bonbons magiques. Après quelques semaines à peine, mon corps en demandait déjà plus. La culpabilité que je ressentais à l'idée d'avoir survécu alors que Greg y était resté n'avait fait que rendre l'effet des médicaments plus délectable encore. J'adorais la façon dont ils m'engourdissaient.

Peu de gens étaient au courant de ce qui s'était passé durant cette période de ma vie, à l'exception de Diego, Flynn, Tucker et Gabriel. Soit presque tous mes collègues. J'avais beau adorer ces types, il m'arrivait d'être agacé qu'ils s'inquiètent autant de la façon dont je gérais la douleur.

— Tu ne me le demanderas pas, mais tu n'as aucune raison de t'inquiéter. Je n'ai plus été en manque depuis cinq ans. Heureusement, les médecins d'ici ne cherchent pas à me forcer à prendre cette merde.

Je lançai un regard en coin à Diego dont les yeux étaient braqués devant lui. Sentant mon regard sur lui, il se tourna vers moi.

— Je ne m'inquiétais pas pour toi, ni de ça non plus.

Mon agacement me démangeait la peau. Je me maudis en silence d'être encore si susceptible au sujet de ma brève incartade avec la drogue.

— D'accord, marmonnai-je.

Diego rit.

— Allez, accélère. Le vent est tombé et il fait beau, il faut en profiter.

Je ris, ajustant ma vitesse. Nous survolâmes la baie, nous arrêtant dans trois villages pour y livrer courses et courrier. Lorsque Flynn m'avait envoyé un message pour me faire une offre de travail en Alaska, j'ignorais à quel point j'adorerais ça. J'avais toujours aimé voler, bien sûr, mais cette beauté était époustouflante et me mettait du baume au cœur. J'appréciais aussi combien les endroits que nous visitions étaient isolés. Les enfants venaient toujours en courant pour nous saluer, tout comme les habitants du coin ; ceux qui venaient en quad récupérer les courses pour aller les livrer aux communautés plus lointaines encore. Nous ne prenions pas de passagers pour ces virées-là. Les touristes que nous emmenions en balade devaient nous payer grassement pour le faire. Il nous arrivait aussi de donner un coup de main à ceux qui en avaient vraiment besoin de temps en temps, lorsque nous en avions le temps. Aujourd'hui, nous acceptâmes une femme âgée et sa nièce qui avaient manqué leur vol un peu plus tôt pour aller chez le médecin.

— Comment ça va aujourd'hui, Marge ? demanda

Diego par-dessus son épaule lorsque nous fûmes dans les airs. Je ne vous ai plus vue depuis des semaines.

Marge lança un sourire resplendissant à Diego, des ridules au coin de ses yeux noisette.

— J'ai été très occupée à aider Shana avec son nouveau café.

— Son café ? s'enquit Diego.

Je regardai nos passagères dans mon rétroviseur. Nous n'en avions pas besoin comme dans une voiture, mais cela s'avérait pratique pour discuter.

Marge et Shana avaient toutes les deux coiffé leurs cheveux en queue de cheval. La vieille femme avait des cheveux poivre et sel et sa nièce de beaux yeux bleus mais c'étaient là les deux seules caractéristiques qui différenciaient les deux femmes. Elles se ressemblaient autrement comme deux gouttes d'eau, et leurs sourires étaient identiques.

Shana sourit.

— J'ai ouvert un café au fond de notre épicerie. On n'est pas aussi bien équipées que le *Red Truck Coffee* mais Cammi m'a donné tout un tas de conseils et on a pas mal de clients.

— Oui, et ça nous fait de l'argent, renchérit Marge.

— Si votre café est aussi bon que celui de Cammi, vous n'allez pas manquer de clients de si tôt, répondit Diego.

Bien sûr, je ne pouvais pas leur avouer que le simple fait de mentionner Cammi me faisait repenser à la soirée de la veille, lorsqu'elle avait joui sur mes doigts. Bordel de merde. Elle était en train de me rendre dingue.

Nous discutâmes de la pluie et du beau temps, de l'arrivée des touristes en ville et d'autres sujets mondains.

Lorsque nous nous posâmes, nous saluâmes Marge

et Shana, après quoi Diego et moi vérifiâmes l'avion avant de retourner à nos voitures.

— Tu rentres direct ? me demanda-t-il.

— Non, je dois aller chercher Cammi pour l'emmener à son SUV. Elle avait un pneu crevé hier soir et je l'ai changé ce matin, expliquai-je, sachant déjà qu'on allait me soumettre à un interrogatoire.

Diego haussa les sourcils, une lueur au fond des yeux alors qu'un sourire taquin étirait ses lèvres.

— C'est gentil de t'être occupé de ça pour elle.

Je levai les yeux au ciel.

— T'aurais fait pareil.

Il acquiesça.

— C'est vrai.

Sur ces mots, il me salua d'un geste de la main avant de grimper dans son pick-up et de se mettre en route.

Je savais qu'il était loin d'avoir fini de me parler de Cammi. Surtout maintenant que je l'avais invitée à la collecte de fonds. J'avais été un peu dingue sur ce coup, c'était vrai, mais je m'en moquais.

Même si je n'aurais pas dû m'en moquer.

———

Quelques minutes plus tard, je glissai mes clés dans ma poche en approchant du *Red Truck Coffee*. C'était le milieu de l'après-midi et il y avait une file de clients dans le parking. Je n'en fus pas surpris. Cammi était occupée à préparer du café pendant qu'une autre femme qui semblait à peine assez vieille pour être majeure s'occupait de prendre les commandes. Sachant qu'un bon café me ferait du bien, je pris place dans la file.

J'en profitai pour regarder autour de moi. Il faisait

encore beau et une légère brise planait dans l'air en provenance du port, qu'on voyait d'ici. Il était situé au pied des montagnes, au bord d'une plage couverte de sable gris.

Les bateaux étaient en train de rentrer après avoir passé la journée au large pour la pêche. Il y avait légèrement plus de vent que ce matin, et il faisait frémir la surface de l'eau. Il m'arrivait encore d'avoir du mal à croire que je vivais dans cet endroit, où je pouvais profiter des deux choses que j'adorais : la montagne et l'océan.

J'étais gamin de militaire et j'avais grandi avec un père dans l'Air Force. Notre famille avait été ballottée à travers tout le pays jusqu'à ce que mon père meure sur le terrain. Il me manquait encore. Ma famille était restée là où il avait été déployé un moment, après quoi nous étions allés nous installer dans l'ouest de l'Oregon, où vivaient les parents de ma mère. J'étais tombé amoureux des montagnes là-bas. Ainsi que de l'océan lors de notre brève escapade au Texas.

Le paysage était époustouflant en Alaska. La nature y était reine, et j'adorais ça. J'entendis un aigle crier, suivi par le chant affolé d'un corbeau. Je levai la tête pour les voir se battre dans les airs. La différence de taille entre les deux oiseaux était remarquable, mais le corbeau n'abandonna pas et parvint à chasser l'aigle qui avait osé le déranger. Un moment plus tard, je compris ce qui avait agacé le corbeau lorsque je le vis se poser sur les restes d'un sandwich abandonnés dans un coin du parking.

— C'est à vous, me dit quelqu'un dans mon dos.

J'avançai et l'employée de Cammi me sourit poliment. Elle avait un joli visage et un air de garçon manqué avec ses cheveux courts, qui me rappelaient ceux de Cammi lorsqu'elle s'était installée ici.

— Qu'est-ce que je vous sers ? me demanda-t-elle.

Cammi releva la tête à ses mots et j'eus soudain l'impression d'être foudroyé sur place. Elle se mit à rougir alors que nous nous fixions en silence. Enfin, elle sortit de sa torpeur et elle intervint :

— Je m'en occupe. Elias prend toujours un allongé bien noir.

Son employée sourit d'un air enjoué.

— D'accord. Ça fera quatre dollars.

Je lui donnai un billet de dix.

— Gardez la monnaie.

— Rends-lui sa foutue monnaie, s'agaça Cammi, les yeux écarquillés.

L'employée hésita.

— Non merci, ça ira, insistai-je.

— Donne-lui sa monnaie, Amy, répondit Cammi d'une voix ferme en préparant mon café.

Elle me lança un regard en coin alors qu'elle rougissait furieusement et je me souvins soudain ce que nous avions fait sur le plan de travail contre lequel elle s'appuyait la veille au soir.

Je déposai les armes malgré moi.

— Bon, d'accord. Donnez-moi juste trois dollars.

Cammi fit un bruit étrange mais ne dit rien de plus.

Je m'écartai afin que la personne suivante puisse commander et m'appuyai contre le rebord de la fenêtre de service.

— Tu penses pouvoir te libérer bientôt ? murmurai-je à Cammi.

Elle leva la tête pour me regarder et des étincelles volèrent entre nous.

— Ça te dérangerait de me donner encore un petit quart d'heure ? Si ça t'embête, je peux demander à une copine de m'emmener plus tard. Je n'ai pas envie de laisser Amy toute seule quand il y a du monde comme ça.

— Je peux attendre, t'inquiète. Il faut que j'aille faire le plein, de toute façon. Je fais ça et je reviens, d'accord ?

— T'es sûr ?

Elle me tendit mon café et ses doigts effleurèrent les miens lorsque je le pris. Ma peau s'embrasa sous cette caresse subtile.

— Certain.

— Un chai latte et un latte avec une pompe de caramel, appela Amy.

Cammi me lança un sourire désolé et je la saluai d'un geste de la main avant de me tourner pour retourner à mon pick-up.

Chapitre Douze

CAMMI

— Merci encore d'avoir changé mon pneu, lui dis-je pour la bonne vingtième fois.

Elias me lança un regard rapide avant de se concentrer sur la route.

— C'est vraiment pas grand-chose.

J'étais sur le point de le remercier une nouvelle fois lorsque je me ravisai en me mordant l'intérieur de la joue.

— Ton vol s'est bien passé ? demandai-je après un bref silence.

— Très bien. Il fait très beau, en plus, c'était agréable.

— Tu as repris à temps plein, alors ?

— Pas avant la semaine prochaine, mais ça m'a quand même fait du bien. Ces derniers mois m'ont semblé interminables. Mais bon, j'ai eu de la chance de m'être blessé en hiver. Flynn aurait été embêté que je me retrouve en arrêt à la saison haute.

— Il aurait trouvé une solution. Mais oui, j'imagine que tu es content de reprendre. Je n'aime pas rester assise à ne rien faire, moi non plus.

— Ah, ça.

Soudain, le tableau de bord s'illumina pour l'informer qu'il avait un appel. Une sonnerie emplit l'habitacle et il jeta un coup d'œil à l'écran avant de me lancer un regard désolé.

— C'est ma sœur, il faut que je réponde.

— Je t'en prie.

Il décrocha et répondit :

— Salut sœurette, t'es sur haut-parleur et j'ai quelqu'un avec moi.

— Quelqu'un ? Qui ça, Diego ? Parce qu'il me doit cinq dollars, répondit-elle.

Il rit.

— Non, je suis avec Cammi, la propriétaire du *Red Truck Coffee*. Je t'y ai emmenée l'été dernier quand t'es venue me rendre visite.

Il me lança un regard.

— Cammi, je te présente ma sœur, Faith.

— Bonjour, Faith. Désolée de m'imposer comme ça.

Faith rit.

— Oh, tu ne t'imposes pas du tout, t'inquiète. Ravie de te rencontrer.

— Diego te doit cinq dollars pour quoi ? intervint Elias.

— On a parié sur un match de basket et c'est mon équipe qui a gagné. Il ignore mes messages, l'enflure, expliqua Faith.

Elias rit.

— Il est malin. Je les récupérerai pour toi, t'inquiète. Alors, pourquoi tu m'appelles ?

— Maman est en train de me rendre dingue. Le médecin lui a dit d'y aller doucement, tu sais ? Eh ben, elle est loin d'y aller doucement. Elle travaille encore à temps plein alors qu'il lui a dit de faire une pause. Tu veux bien l'appeler ?

Il soupira.

— Ouais, je vais l'appeler. Même si je ne vois pas trop pourquoi elle m'écouterait.

— Elle t'a toujours écouté plus que moi, rétorqua Faith.

— Je ne suis pas sûr d'être d'accord mais j'essaierai. Et toi, comment ça va ?

— Bien, comme d'habitude. Cammi, Elias est un grand frère surprotecteur. Il s'inquiète pour nous à longueur de temps.

— Allez, la conversation est terminée, intervint-il dans un rire gêné.

— Salut, je t'aime, répondit Faith.

— Moi aussi. J'appelle maman bientôt.

Il raccrocha.

— Ma sœur tout craché. Tu ne dois pas t'en souvenir, mais on est passés au café l'été dernier avec ma mère et mon autre sœur.

Je me creusai la tête.

— Je crois que je me rappelle. Mais bon, tu viens souvent avec des touristes alors je ne peux pas en être sûre. Je ne pense pas la reconnaître si je la voyais.

— Tu ne peux pas te souvenir de toutes les personnes que tu sers. Elles doivent revenir cet été, ce sera l'occasion de te les présenter officiellement.

— Je suis contente de savoir que je suis un arrêt obligé quand ta famille te rend visite.

Elias se tourna vers moi de nouveau, l'intensité de son regard faisant virevolter des papillons dans mon ventre. Bordel, *cet* homme.

Quelques minutes plus tard, il se gara à côté de mon SUV. Le parking de la station de ski était presque vide à cette heure de l'après-midi, mais serait bondé d'ici la fin de soirée. Le restaurant de l'auberge faisait des ravages depuis qu'il avait été rénové.

Je lançai un regard à mon tout nouveau pneu.

— Qu'est-ce que tu as fait de l'autre ? demandai-je en descendant de voiture.

— Je l'ai emmené à la déchetterie. Pense à passer au garage faire rééquilibrer tes pneus, par contre. Ah, et je t'ai mis une roue de secours dans le coffre.

— Elias...

Je levai la tête pour le regarder et réalisai soudain combien nous étions proches, pris au piège entre son pick-up et mon SUV. Les battements de mon cœur s'affolèrent.

— Ce n'est rien. Tout le monde a besoin d'une bonne roue de secours, me dit-il.

— Je vais te rembourser, dis-je en ouvrant mon sac à main.

Il posa la main sur mon poignet pour m'arrêter, son toucher chaleureux mais ferme à la fois. Mon cœur battait à tout rompre dans ma poitrine, tellement même que je craignais qu'il n'en bondisse.

— Ce n'est vraiment rien, répéta-t-il.

Je tentai de reprendre mon souffle, en vain. Tout mon corps était en feu. Je n'eus même pas le temps de comprendre ce qu'il se passait qu'il se pencha. Ses lèvres effleurèrent les miennes brièvement.

Son baiser fut bref et il électrisa tout mon corps. Je le fixai d'un air hébété lorsqu'il recula, m'efforçant comme je le pouvais de mettre de l'ordre dans mes idées.

— Je t'envoie un message à propos de la collecte de fonds, d'accord ?

Apparemment, lui n'avait pas perdu la capacité de réfléchir et de former des phrases.

Après un long silence, je parvins à articuler deux pauvres syllabes :

— D'accord.

Malgré tout, il resta planté devant moi sans bouger.

— Quoi ? demandai-je.

— J'attendais que tu t'en ailles, dit-il en hochant la tête en direction de ma portière.

— Ah !

Il n'en fallut pas plus pour me tirer de mon état végétatif. Je grimpai dans mon SUV et je mis le contact avant de baisser ma fenêtre.

— Encore merci. Pour tout.

Il se contenta d'incliner la tête et il attendit que je m'en aille pour reprendre la route.

Chapitre Treize

ELIAS

Deux semaines plus tard

Les journées s'enchaînèrent à toute vitesse une fois que je reçus l'autorisation de reprendre le travail. Ça me faisait un bien fou, étant donné que j'avais eu l'impression de faire du sur-place durant ma convalescence. Je voyais encore Cammi tous les jours, comme d'habitude, à la différence près qu'aujourd'hui, je savais quel goût avaient ses lèvres et quel bruit elle faisait lorsqu'elle jouissait. Chaque fois que je m'arrêtais au café, il y avait la queue. Comme d'habitude. Mais aujourd'hui, j'avais été agacé de devoir attendre tant j'avais eu hâte de pouvoir passer un peu de temps avec elle.

Flynn m'avait confié deux vols m'obligeant à passer la nuit sur place, ce dont j'étais normalement ravi. Ce n'était plus le cas à présent. Le sourire de Cammi m'avait manqué chaque matin en mon absence, bien plus que son café.

Ce soir, j'étais assis au comptoir de la cuisine de l'auberge, le pied posé sur le rebord du tabouret à côté du mien.

— Ça sent super bon, dis-je avant de boire une grosse gorgée de bière.

Daphné était en train de cuisiner quelque chose dont l'odeur me faisait déjà saliver. Ses cheveux auburn étaient coiffés en chignon tressé et ses yeux verts s'illuminèrent lorsqu'elle me sourit. Elle leva la tête rapidement, encore occupée à remuer ce qu'elle cuisait dans sa poêle.

—J'espère bien. J'aime faire plaisir.

Je ris.

— Daphné, t'es la meilleure cuisinière que cet endroit ait jamais eue. Je peux t'assurer que tu fais très plaisir aux gens. On passerait nos journées ici comme des chiens qui attendent une friandise si on n'était pas tous si occupés.

— Tu te plains déjà de ton emploi du temps ? demanda Flynn en me rejoignant.

Il se laissa tomber sur un tabouret à côté de moi.

— Loin de là. J'explique juste à Daphné pourquoi on ne passe pas tout notre temps en cuisine avec elle à attendre qu'elle nous prépare de bons petits plats.

Flynn rit en me donnant une tape sur le bras. Son sourire se fit tendre alors qu'il se tournait vers Daphné, une étincelle au fond du regard. Flynn était tombé si fou amoureux d'elle qu'il m'arrivait encore d'en être surpris, parfois. Je n'avais jamais été un grand romantique, mais même moi je devais admettre qu'ils étaient faits l'un pour l'autre. Si Daphné pouvait avoir des airs de fille sage, elle n'en restait pas moins forte, franche et affirmée, et elle n'avait pas peur de remettre Flynn à sa place lorsque cela s'avérait nécessaire.

— Qu'est-ce que tu nous mijotes ? demanda-t-il.

— Riz cantonais et légumes sautés. Je prépare aussi du flétan avec une sauce citron. Ça va être super bon.

Je me mis à saliver aussitôt alors que Daphné allait chercher ses épices à l'autre bout de la cuisine. Flynn se leva pour aller ouvrir le réfrigérateur et, en homme amoureux qu'il était, en profita pour lui faire un bisou dans le cou. Puis il se tourna vers moi.

— Je te prends une autre bière ?

— Non, ça ira, je n'ai pas encore terminé.

— Moi j'en veux bien une, intervint la voix de Diego par-dessus mon épaule.

Je lançai un regard derrière moi et le vis entrer dans la cuisine par la porte qui menait à la salle commune de l'auberge. Tucker et Nora étaient avec lui. Tucker était un autre de nos anciens collègues de l'Air Force et Nora, la petite sœur de Flynn. Ils étaient suivis par les deux autres membres de la fratrie, Grant, et leur sœur Cat, la cadette. Elle était encore au lycée et vivait dans l'appartement privé de la famille avec Flynn et Daphné.

— Tu peux en sortir quatre autres, criai-je à Flynn.

— J'en veux une aussi, intervint Cat.

Flynn vint nous rejoindre avec un pack de six bières provenant de la brasserie du coin. Il lança un regard noir à sa petite sœur.

— Je ne crois pas, non.

Cat lui répondit d'un sourire espiègle. Une minute plus tard, le comptoir était bondé. Tous, à l'exception de Cat qui préféra rentrer, prirent place sur un tabouret. Daphné leva la tête, un sourire aux lèvres.

— Eh ben, il y a du monde, ce soir.

— Il y a toujours du monde dans ta cuisine, répondit Nora, solennelle.

Daphné sourit.

— Pas toujours non, quand on manque de clients.

C'était l'un des rares week-ends où l'auberge était vide. Flynn avait libéré les chambres pour pouvoir faire des travaux sur le toit et nous allions sûrement y passer le week-end. Il avait voulu éviter que nous dérangions les clients ou que nous ayons du monde dans les pattes.

Nora secoua la tête.

— Daphné, c'est la première fois que nous n'avons pas de clients depuis ton arrivée. On aurait été vraiment bêtes de ne pas en profiter. Pour une fois qu'on n'est pas obligés d'être polis ou de faire attention à ne pas trop manger. C'est chacun pour soi ce soir, dit Nora, un sourire maléfique aux lèvres.

Parmi la fratrie Walker, Nora était la seule à ne pas avoir les mêmes cheveux blonds et yeux bleus que Flynn. Ses cheveux à elle étaient d'un brun profond, avec des yeux de la même couleur. Elle était très belle, et une fois encore, je remerciai le ciel en silence qu'elle ne me fasse aucun effet. D'autant plus que les étincelles volaient, entre Gabriel et elle. Tellement même que je devais m'avouer impressionné qu'il ne se soit encore rien passé.

Cat redescendit un moment plus tard et vint rejoindre Daphné en cuisine.

— Je peux donner un coup de main ?

— Tu veux bien vérifier la cuisson du poisson ? répondit Daphné.

— Pas de problème.

Flynn ouvrit toutes les bières qu'il avait apportées avant d'en tendre une à chacun.

— Il va falloir que je te paye si tu continues comme ça, dit-il à Cat.

— Depuis le temps que je te le dis, répondit-elle en ouvrant le four.

Daphné mit un couvercle sur son wok avant d'éteindre le feu puis leva la tête pour regarder Flynn.

— Blague à part, tu devrais vraiment la payer. Elle m'aide beaucoup.

— Bon, officialisons les choses, dans ce cas. Il va falloir que tu remplisses quelques papiers par contre, Cat.

— Des papiers ? s'enquit-elle.

— Ouaip. En Alaska, quiconque veut travailler avant la majorité doit demander un permis de travail et moi, je dois consentir à ce que tu travailles. Histoire d'assurer nos arrières.

— Je ne peux pas juste travailler au noir ? demanda Cat, blasée.

Grant éclata de rire.

— Bordel, elle négocie déjà.

Flynn leva les yeux au ciel, pas le moins du monde perturbé.

— Hors de question. On fait les choses dans la légalité, ici.

Cat poussa un soupir exagéré, soutirant un éclat de rire à Flynn.

— On remplira tout ça ensemble. Ça ne doit pas être bien compliqué.

Nous profitâmes de la soirée, et de cette occasion rare d'être uniquement entre nous. Flynn était loin de se douter combien j'avais besoin de ce travail lorsqu'il m'avait contacté pour me le proposer.

Je venais de sortir de l'Air Force et me remettais tout juste de mon addiction aux opiacés. Après m'être renseigné et avoir vécu ce cauchemar de l'intérieur, j'étais devenu convaincu que ces pilules étaient le mal incarné, tout comme les entreprises pharmaceutiques qui avaient toujours menti en affirmant que leurs médicaments n'avaient rien d'addictif pour se remplir les poches. Le fait de pouvoir venir en Alaska et d'être avec des hommes qui étaient comme des frères pour moi m'avait permis de me recentrer et de retrouver mon équilibre dans une vie semée d'embûches.

Plus tard ce soir-là, je scrutai notre petit groupe. Nous avions abandonné le comptoir pour aller nous installer à la grande table rectangulaire qui faisait toute la longueur de la salle de service. Les fenêtres offraient une vue imprenable sur les collines au-dehors, dominées par les montagnes, et sur l'océan au-delà. Le coucher de soleil se faisait remarquer ce soir, striant le ciel de rayures roses et violettes.

Nora était assise en bout de table et elle aidait Cat à faire ses devoirs de maths. Flynn, de son côté, semblait plus détendu qu'à l'habitude, vautré sur sa chaise, le bras posé sur les épaules de Daphné. Diego était assis à côté de moi, et il discutait de pêche au filet avec Tucker et Gabriel. Soudain, il se tourna vers moi, espérant que je volerais à sa rescousse :

— Tu ne penses pas qu'il vaut mieux prendre un bâton en cèdre pour qu'il flotte ?

— Si, bien sûr, répondis-je.

Gabriel me lança un regard interloqué.

— Sérieux ? Le cèdre, c'est super rigide. Moi je préfère de loin le métal ou l'acier inoxydable.

— T'en penses quoi, toi ? demandai-je en regardant Tucker, assis en face de moi.

Tucker, aussi loquace qu'à l'habitude, se contenta de hausser les épaules.

— Vous faites ce que vous voulez.

Grant revint des toilettes et il vint se rasseoir à côté de Tucker.

— T'en penses quoi, toi ? lui demanda Tucker.

Grant nous regarda, les sourcils froncés.

— Euh, de quoi on parle ?

Je ris.

— De l'art de la pêche au filet.

La pêche au filet était une tradition incontournable en Alaska. Il fallait attendre d'être résident pendant une année complète avant de pouvoir demander un permis. À certaines périodes bien particulières de l'année, les locaux creusaient un trou dans la glace et y plongeaient un filet pour attraper un saumon. C'était une activité originale, et très amusante.

— Ah, il n'y a rien de tel que le cèdre, dans ce cas, affirma Grant à qui on avait résumé la conversation.

Grant avait cinq ans de moins que Flynn. Il était plus tranquille que lui mais lui ressemblait autrement beaucoup, si bien que c'en était comique parfois. Il était logique et réactif et avait toutes les qualités pour devenir très bon pilote. J'étais l'un de ses instructeurs.

Flynn, qui avait écouté notre conversation, intervint :

— Je vote pour le cèdre aussi.

Gabriel leva les yeux au ciel.

— Bon, comme vous voudrez. J'aurai le filet le plus beau de tous au moins, comme ça.

Nora se tourna vers nous.

— On se fout que le filet soit beau, non ?

— Et c'est reparti, marmonna Diego dans sa barbe.

Je souris.

— T'inquiète, ils ne se prennent jamais le bec trop longtemps quand Flynn est dans le coin.

Daphné étouffa la dispute dans l'œuf en tapant du poing sur la table.

— Tant qu'on est tous là, vous voulez bien qu'on parle de la collecte de fonds ? intervint-elle.

— On sera tous là, dit Diego.

Il posa la main sur son torse et acquiesça, solennel.

— Et on sera tous très sages, ajouta Tucker.

— Je n'en attends pas moins de vous, répondit Daphné avec son accent du sud. Je voulais juste vous remercier de vous investir comme ça. Ça compte beaucoup pour moi.

— On est toujours là pour toi, ma belle, intervint Nora. Je crois même que tu devrais organiser une collecte tous les ans.

— Peut-être, oui, répondit Daphné d'un air pensif. Mais c'est quand même beaucoup de travail, et Tess me file un sacré coup de main en plus.

Elle parlait de Tess Winters, une connaisseuse des collectes de fonds. Elle s'était installée à Diamond Creek quelques années plus tôt après avoir rencontré l'un de nos amis communs, Nathan Winters. La ville et les communautés alentour étaient animées par d'innombrables conférences et événements depuis que Tess s'était installée dans le coin, puisque c'était elle qui les organisait tous.

Flynn la laissait faire avec plaisir. Il n'était pas du genre à refuser une occasion de faire la pub de l'auberge.

C'était la seule chose dont je pouvais me plaindre au sujet de ce travail, puisqu'il insistait souvent pour que nous assistions à ces événements avec lui.

— Je t'en prie, dis-moi que tu ne t'attends pas à ce qu'on mette un costard, commenta Gabriel.

— Vous n'êtes pas obligés non, répondit Daphné d'une voix douce. Mais ça pourrait être bien. Il y aura sûrement un tas d'autres gens en costume. Ça ne te tuera pas de te laver et de te raser, pour une fois.

Diego se frotta la mâchoire où l'ombre de sa barbe était visible.

— Je me raserai, promis. Je ne mettrai sûrement

pas de cravate mais je mettrai au moins une chemise. Ah, et Elias a une cavalière.

Bordel de merde. J'aurais dû me douter que Diego attendait le bon moment pour m'emmerder au sujet de Cammi.

Je le fusillai du regard.

— Sérieux ?

Cat se redressa dans son siège, le regard curieux.

— Qui ?

Je levai les yeux au ciel.

— Tu peux nous le dire. On la verra la semaine prochaine, de toute façon, intervint Nora en posant son stylo.

— C'est vrai. J'ai invité Cammi.

— Du *Red Truck Coffee* ? s'enquit Daphné.

Je terminai ma bière et j'acquiesçai.

— C'est la seule Cammi que je connaisse.

— Je l'aime beaucoup. Je n'arrive pas à croire qu'elle ait accepté de t'accompagner, intervint Cat d'un air incrédule.

— Je ne cherchais pas ton approbation mais merci.

Je croisai le regard de Flynn, qui avait une étincelle au fond des yeux. Cela faisait un moment qu'il me bassinait avec Cammi. Je ne voulais pas lui donner raison, mais j'étais déjà trop accro pour rester loin d'elle et le faire mentir.

— Bon voilà, tout le monde est au courant. On peut parler d'autre chose maintenant ?

— T'as intérêt à être sympa avec elle, me menaça Cat, les yeux plissés.

— Je ne suis pas du genre à me comporter en connard avec les femmes, répondis-je.

Cat retroussa le nez, les lèvres pincées.

— Oui enfin, Flynn et toi êtes quand même de sacrés râleurs.

Grant éclata de rire, bientôt rejoint par Diego.

— Même s'il faut avouer que Flynn s'est un peu adouci grâce à Daphné. Qui sait, tu serais peut-être plus sympa avec une copine, ajouta Cat très sincèrement.

Tous éclatèrent de rire, et je ne pus que me joindre à eux.

Chapitre Quatorze

ELIAS

Quelques heures plus tard, je peinais à trouver le sommeil, ce qui n'avait rien d'une nouveauté pour moi. J'avais toujours eu du mal à m'endormir, et si la routine stricte de l'armée m'avait aidé pendant un moment, la mort de Greg avait ravivé de plein fouet mes crises d'insomnie.

Depuis cette tragédie, j'avais l'impression de livrer une lutte acharnée avec le sommeil toutes les nuits. Je commençais à avoir l'habitude d'être forcé de me lever au milieu de la nuit pour tirer mon esprit des sombres pensées qui l'occupaient, m'emplissant de regrets et d'inquiétude.

Aussi, je mis ma veste et je sortis dehors, prenant place sur la dernière marche de l'escalier. Nous avions terminé la construction d'une maison non loin de l'auberge au cours des dernières semaines. Elle était très agréable, avec six chambres et quatre douches, ainsi qu'une belle salle commune et une cuisine parfaitement équipée. Nous avions travaillé sur ce projet sur diverses périodes pendant une année et avions profité de l'hiver pour bosser sur l'intérieur afin de pouvoir nous y installer. Je n'avais pas pu en faire autant que je l'aurais voulu étant donné mon accident, mais j'avais réussi à donner un coup de main ici et là malgré tout.

J'y vivais avec Diego, Tucker, Gabriel et Grant. Nora avait sa propre maison non loin de là, tandis que Flynn et Cat vivaient dans le bâtiment principal avec Daphné. J'étais soulagé de ne plus avoir à y rester maintenant que je m'étais débarrassé de mes béquilles.

Je posai le menton dans ma paume, le regard perdu dans l'obscurité. Une chouette hulula non loin de là, et j'entendis un bruissement dans les arbres. J'imaginai qu'il devait s'agir d'un écureuil. C'étaient les petits animaux qui faisaient généralement le plus de bruit dans les bois.

Je repensai à la conversation que j'avais eue avec ma mère un peu plus tôt, après avoir promis à ma sœur que je l'appellerais. Ma mère ne vivait pas franchement très bien le fait de vieillir. Elle avait toujours été très active, et être forcée de ralentir la dérangeait profondément. Le fait qu'elle était assistante médicale n'aidait pas franchement non plus, étant donné que ce n'était pas le travail qui manquait à l'hôpital où elle travaillait depuis toujours. Elle souffrait d'arthrite rhumatoïde et détestait le fait que le stress empire ses symptômes. Elle m'avait dit qu'elle savait qu'elle devait ralentir et m'avait promis d'en parler à l'hôpital. Bien sûr, nous n'en étions arrivés là qu'après que je lui ai dit qu'il serait dommage que son état empire sous prétexte qu'elle en faisait trop.

J'étais très proche de ma mère et de mes sœurs. Si je devais quitter l'Alaska un jour, ce serait pour elles. En attendant, j'appréciais le calme du coin. D'autant que l'Oregon n'était pas si loin que ça ; à une demi-journée de vol à peine, et je m'efforçais donc de prendre soin d'elles de loin.

Je pris une profonde inspiration, profitant de l'air frais du printemps. Mon souffle fit de la buée lorsque je soupirai. Mes pensées se bousculaient encore dans mon esprit, surtout occupées par Cammi. J'avais l'impression qu'elle s'était approprié tout mon être, de jour comme de nuit.

Je savais que cela avait peut-être été une erreur de l'embrasser, même si j'en avais brûlé d'envie et n'avais pas pu me retenir. C'était une femme époustouflante. Belle, sexy, aimable mais pas du genre à se laisser marcher sur les pieds, et avec juste ce qu'il fallait de douceur. Le problème dans tout ça, c'était moi. L'erreur que j'avais faite par le passé, bien que brève, avait complètement faussé ma perception de moi-même et j'avais l'impression d'enchaîner les conneries depuis.

J'entendis des bruits de pas approcher ; le crissement d'une paire de bottes sur les gravillons. Si la neige n'avait pas encore fondu sur les hauteurs, il n'en restait presque plus sur le sentier qui reliait l'auberge à la maison des employés, ou, comme l'appelait Diego, « la tanière des mecs ».

Un instant plus tard, une silhouette masculine apparut et je devinai aussitôt qu'il s'agissait de Diego. Même dans la nuit, je serais capable de reconnaître n'importe lequel des hommes qui travaillaient ici. Nous nous connaissions trop bien pour qu'il en soit autrement. Diego était le plus grand de nous tous et il avait une démarche tranquille.

Il s'arrêta devant les marches et nos regards se croisèrent.

— Qu'est-ce que tu fous là ? demanda-t-il.

— La vraie question c'est, qu'est-ce que toi tu foutais dehors à une heure pareille ? rétorquai-je.

Diego haussa les épaules.

— Je suis allé en ville un moment après le dîner. J'avais envie de voir du monde. Ça va ? me demanda-t-il en s'asseyant à côté de moi.

— Oui, ça va. Je n'arrivais juste pas à dormir.

— Et la douleur, c'est comment ?

Diego me connaissait sûrement mieux que n'importe quel autre de nos anciens collègues, et bordel, ce qu'il pouvait être observateur. C'était un très bon ami, dont le goût pour la philosophie rentrait parfois en conflit avec sa loyauté et sa nature émotive.

Je savais qu'il ne me posait cette question que parce qu'il était inquiet, mais chaque fois qu'on me demandait comment je gérais la douleur, ça me faisait l'effet d'une décharge électrique.

J'inspirai et poussai un soupir.

— Pas trop mal. C'est plus chiant qu'autre chose.

— Je vois. Et qu'est-ce que t'as pensé de ton vol aujourd'hui ?

— C'était de la bombe.

Diego rit et il se pencha pour me donner un petit coup d'épaule.

— Je suis bien content que tu te sois remis à voler.

— T'étais obligé de parler de Cammi ce soir ? demandai-je, me surprenant moi-même avec cette question.

Il rit de nouveau. Bien que je ne pouvais voir ses yeux dans l'obscurité, je n'avais pas de mal à imaginer la lueur qui devait les illuminer.

— Autant arracher le pansement un bon coup. Je crois que Cammi pourrait te rendre heureux.

— Pourquoi tu dis ça ?

— Parce qu'en dehors du fait qu'elle sert un délicieux café, c'est quelqu'un de solaire. Et puis, tu mérites quelqu'un comme elle.

J'avais beau entendre les mots de Diego, ils furent éclipsés par mes propres doutes. Il avait pourtant l'air d'être si sincère.

CAMMI

Je m'affairais derrière le comptoir du *Red Truck Coffee*, espérant que la matinée prendrait rapidement fin. Mes pensées étaient partagées entre le fait de me demander si Elias allait passer, mon projet de retrouver Susie à la banque pour discuter d'une proposition d'achat du *Misty Mountain Café* et le message que j'avais reçu quelques minutes plus tôt à peine. Pour être tout à fait honnête, c'était surtout ce message qui occupait mon esprit là, maintenant, même s'il m'était insupportable de l'admettre.

Désolé pour ton pneu. Fran savait que c'était ton SUV. Je serais ravi qu'on se voie. Je suis vraiment désolé pour tout ce qui s'est passé. Je n'aurais jamais dû te mentir.

Ce connard de Brad. Ou Joël. Bien sûr, j'avais bloqué son numéro à l'époque mais il devait en avoir un nouveau, ou m'avait contactée avec un téléphone jetable. J'étais presque tentée d'aller le signaler à la police, lui et sa femme, mais je savais que ce serait une perte de temps. D'autant que toute cette mésaventure ne m'avait rien coûté étant donné qu'Elias avait refusé que je le rembourse. Sans parler du fait que je serais mortifiée de devoir me rendre au commissariat pour déposer une plainte contre l'homme qui m'avait menti et avait fait mine d'être un autre pour que je couche avec lui. Et le fin mot de cette histoire ridicule, c'était que sa femme m'avait apparemment crevé les pneus. C'était trop pathétique et embarrassant.

Diamond Creek était une si petite ville que le journal local imprimait tous les rapports de police chaque semaine. Ils ne dérogeaient à cette habitude que pendant une période de l'année : la saison touristique. Bien sûr, ils ne donnaient aucun nom, mais les gens savaient. Si des poursuites étaient engagées, les identités des participants étaient alors aussitôt révélées, et cela finissait inévitablement dans le journal aussi. Je soupirai. Mes joues brûlaient rien qu'en m'imaginant dans cette situation.

— Tiens, dis-je en tendant un autre café à Amy.

J'étais plus rapide qu'elle pour préparer les cafés et elle était incroyablement douée avec les clients. Elle se fichait même qu'ils puissent être impolis avec elle. Ça ne lui faisait rien du tout. C'était mon cas aussi, mais elle avait un côté joyeux qui lui servirait beaucoup dans la vie.

Et comme si ma matinée n'était pas déjà assez compliquée comme ça, j'entendis soudain la voix de Brad. Ou de Joël, pardon.

Pour la toute première fois, je regrettais qu'Amy ne soit pas une vraie connasse. Je soupirai alors qu'elle le saluait joyeusement :

— Bonjour ! Qu'est-ce qui vous ferait plaisir ?

Je pris soin de ne pas me retourner et en profitai pour nettoyer la machine à espresso.

— Je vais prendre un café de la maison avec une lichette d'eau chaude en plus, demanda Joël.

Ah, oui. J'aurais dû me douter que c'était un bouffon, déjà à l'époque. Le café de la maison était délicieux mais il le trouvait trop fort. Ça voulait tout dire. Même ses goûts en café étaient pourris.

Je lançai un regard à Amy dont le sourire trembla, une étincelle horrifiée au fond des yeux. Je fus presque tentée de rire et je dus me mordre les joues pour m'en empêcher.

— Coucou Cammi, ajouta Joël alors qu'Amy l'encaissait.

Je levai la tête une seconde.

— Salut.

Mon regard se perdit derrière Joël et je voulus aussitôt disparaître. Parce qu'Elias se garait sur le parking. Quelle chance, vraiment. J'avais beau savoir que Joël était un connard pour ce qu'il m'avait fait, cela ne changeait rien au fait que j'avais aussi été très bête de me mettre dans une situation pareille.

Il y avait une famille derrière Joël, si bien qu'Elias fut forcé d'attendre. J'ignorai Joël, même lorsqu'il se posta à côté de la fenêtre pour me parler.

— T'as eu mon message ? J'espérais qu'on pourrait parler.

— Oui, je l'ai eu. Et non, on ne parlera pas. Ne m'envoie plus de messages, s'il te plaît.

Je donnai son café à Amy pour qu'elle le serve, afin de ne pas avoir à le faire moi-même. Il était encore planté là lorsqu'Elias arriva au bout de la file. Je fus incapable de résister à l'envie de le regarder. Ses cheveux blonds foncés semblaient avoir été ébouriffés par le vent et son regard attendait déjà de trouver le mien. Je devinai qu'il avait reconnu Joël pour l'avoir croisé l'autre soir, au restaurant. Et même si j'étais gênée qu'on me rappelle ainsi la plus grosse erreur que j'avais pu faire dans ma vie, une erreur terrible qui avait causé beaucoup de souffrance, je me sentis protégée à l'instant même où le regard d'Elias trouva le mien.

Il avait une aura forte et rassurante. Le simple fait de le voir là, à côté de Joël, ne faisait que mettre en lumière combien ces deux hommes étaient différents. Joël était beau, mais tout était superficiel chez lui. Il tenait un magasin d'équipement sportif en compétition directe avec les boutiques du coin et, de ce que j'en savais, les affaires ne se portaient pas franchement très bien. Il portait des vêtements neufs qui étaient en parfait contraste avec le jean bleu usé d'Elias et sa veste fatiguée.

Elias faisait quelques centimètres de plus, et il avait des épaules carrées. Il avait une prestance indéniable. C'était comme comparer du plastique et de l'acier.

— Salut Cammi, me dit Elias.

Mon cœur bondit dans ma poitrine au son de sa voix rauque. J'oubliai même presque la présence de Joël un instant. Elias commanda la même chose qu'à l'habitude, un café bien *plus* fort que celui de Joël, puis il s'écarta. Son regard se posa sur Joël un instant avant de se détourner d'un air désintéressé.

— Comment ça va ? me demanda-t-il.

Son regard me faisait l'effet d'un rayon de soleil ardent.

Joël, en bon connard qu'il était, s'imposa entre nous :

— Pardon mais je parlais avec elle.

Les yeux d'Elias se posèrent lentement sur lui. J'étais incapable de déchiffrer son regard, mais il me semblait y percevoir de la colère et un certain instinct protecteur.

— Euh non, on ne parlait pas, couinai-je.

Le spectre d'un sourire traversa les lèvres d'Elias alors qu'il se tournait vers moi. Joël resta planté là en silence pendant un moment encore avant de tourner les talons et de s'en aller.

— Ne reviens pas, appelai-je.

Il me lança un regard par-dessus son épaule et secoua la tête comme si mon attitude le décevait. J'avais peut-être été impolie mais bordel, il m'avait menti et avait fait de moi sa maîtresse. Je n'avais aucune raison d'être gentille avec lui.

Une fois Joël parti, Elias approcha, posant un coude sur le comptoir. Je terminai de préparer son café et le lui tendis.

— Tiens.

Comme d'habitude, il glissa un billet dans mon gobelet à pourboire. Je ne fis pas de commentaire. Amy le méritait bien.

— On se voit toujours ce week-end ? demanda-t-il.

Je peinais à reprendre mon souffle, comme chaque fois qu'Elias s'approchait de moi. Une vague de chaleur me traversa et je me demandai un instant si je n'étais pas en pleine ménopause prématurée. Je fis taire cette idée rapidement. Je n'étais pas assez vieille, et c'était Elias qui me donnait chaud.

— Bien sûr, soufflai-je.

Décidément, Elias allait vraiment finir par me faire perdre la tête.

———

Je lançai un regard au-dehors à travers ma fenêtre de service. Un orage approchait et de sombres nuages bourgeonnaient dans le ciel alors qu'un vent gelé en provenance du port se faisait sentir. Mon vieux food truck était résistant mais il grinçait toujours lorsque le vent soufflait un peu trop fort. Une pile de gobelets tomba par terre et je me penchai pour les ramasser.

Amy prit la dernière commande. Je me mis à la préparer en lançant un regard à la petite horloge rouge pendue au-dessus de nos têtes. C'était le début de soirée mais je doutais que nous aurions d'autres clients étant donné la météo. Le parking était vide et la circulation devint dense au-dehors alors que la pluie commençait à tomber. Un coup de vent fit pleuvoir des gouttes d'eau gelée à l'intérieur du camion.

— Tu peux rentrer. Je vais fermer, dis-je à Amy.

— T'es sûre ?

Je lui souris.

— Oui, t'inquiète. On ne va plus avoir de clients avec une météo pareille.

Presque comme si la mère d'Amy avait lu dans mes pensées, elle se gara sur le parking et fit signe à sa fille depuis la voiture. Elle baissa sa fenêtre et appela :

— Vous fermez plus tôt, les filles ?

— Oui, répondis-je.

Ma voix se perdit presque dans le vent.

Je préparai le café préféré de la mère d'Amy tandis que cette dernière mettait sa veste et récupérait son sac, puis je le lui tendis.

— Donne ça à ta mère.

Je regardai Amy courir à la voiture de sa mère pour éviter la pluie alors que je baissais le rideau de fer. J'avais l'impression d'être dans un petit cocon tout à coup, alors que le vent sifflait au-dehors. Je mis de la musique pour m'occuper l'esprit pendant que je rangeais.

J'étais occupée à danser sur le rythme d'une chanson des Bee Gees lorsqu'une puissante bourrasque de vent secoua mon camion et qu'un bruit sourd se fit entendre au-dehors. Je remerciai le ciel d'être au sec et continuai à faire le ménage.

Quelque temps plus tard, on toqua à la porte de

mon camion. J'entendais encore la pluie battante tomber dehors, et je me demandai un instant qui pouvait être assez fou pour s'arrêter boire un café maintenant. Peut-être un client égaré qui avait aperçu mon SUV sur le parking et osait tenter sa chance. J'ouvris la porte et fus surprise de trouver Elias derrière elle. Il n'avait pas de parapluie et ses cheveux étaient trempés. Instinctivement, je le traînais à l'intérieur.

— Qu'est-ce que tu fais ? Il fait un temps pas possible.

Je fermai la porte derrière lui, faisant taire la pluie et le vent. Il était tellement trempé que ses vêtements dégoulinaient sur le sol en métal sous ses pieds.

— Il me fallait un café, dit-il pour toute réponse.

— Je serais ravie de t'en préparer un. J'espère que tu ne dois pas travailler ce soir, avec un temps pareil ?

Je pris un torchon propre sur la pile posée à côté de ma machine à espresso et le lui donnai. Il s'en servit pour s'essuyer les cheveux, le visage et les mains. Je me tournai pour lui préparer son café.

— Tous nos avions sont cloués au sol. Et même si je ne dirais jamais non à l'un de tes cafés, je me suis surtout arrêté parce qu'il y a une branche d'arbre plantée dans ton pare-brise.

— Quoi ?! m'exclamai-je, les yeux écarquillés.

Elias acquiesça.

— Je te jure. Et elle est énorme, en plus.

Je m'appuyai contre le plan de travail, un soupir aux lèvres.

— Dis-moi que c'est une mauvaise blague.

— J'ai bien peur que non. Je ne plaisanterais pas là-dessus. Je me suis dit que t'aurais besoin qu'on te ramène. À moins que tu veuilles rentrer avec une grosse branche à travers le pare-brise et la pluie dans la tronche.

Je ris. J'en avais bien besoin.

— Ah ça, non.

La machine à espresso bipa pour me faire savoir qu'elle avait terminé. Je finis de préparer le café d'Elias rapidement avant de le lui donner.

— J'ai mis une bâche sur ton pare-brise. Je ne voulais pas que tout soit trempé à l'intérieur, m'expliqua-t-il.

— Eh ben, tu penses vraiment à tout, toi. Merci.

— C'est rien. J'ai toujours quelques bâches dans mon pick-up au cas où j'en aurais besoin.

— Merci encore. Si tu dois y aller, je peux appeler une copine pour rentrer, suggérai-je.

Elias m'avait déjà bien assez aidée comme ça.

— Je suis déjà là. Et puis, tu m'as préparé un délicieux café, répondit-il dans un sourire.

— Tu veux bien attendre quelques minutes ? Le temps que je finisse de ranger.

— Tu t'éclates sur les Bee Gees, à ce que je vois, me taquina-t-il.

— J'adore les Bee Gees.

— Moi aussi, dit-il après avoir bu une grosse gorgée de café.

Je nettoyai la machine à espresso de nouveau, puis je rinçai l'évier avant de finir de ranger. Enfin, je récupérai la caisse et mon ordinateur. Lorsque je me tournai vers Elias, il était en train de regarder le petit tableau noir que j'avais collé sur la porte.

Je n'y avais plus touché ces derniers temps, mais les deux phrases que j'y avais écrites étaient encore d'actualité aujourd'hui.

Les sourires sont gratuits. La gentillesse aussi.

— Tu les changes souvent ? me demanda-t-il en se tournant vers moi.

Maintenant que j'étais là, seule avec Elias sans rien

ni personne d'autre autour de nous, j'avais l'impression que des feux d'artifice explosaient dans tout mon corps. Ma féminité s'éveilla et des étincelles volèrent entre nous.

Je devais être restée un peu trop longtemps à le fixer puisqu'il m'interpella :

— Cammi ?

— Oh !

Je détournai le regard rapidement.

— Parfois, oui. Quand j'ai un éclair d'inspiration.

— Ça te va bien.

— Quoi donc ?

— Le tableau noir avec les citations de toutes les couleurs. Tu me donnes l'impression d'être du genre à vouloir que le monde soit un meilleur endroit. Ça compte, les mots.

J'avais soudain l'impression qu'Elias me disait bien plus que ce qu'il laissait vraiment entendre. Nous nous fixâmes en silence alors qu'un petit sourire amusé et surpris traversait ses lèvres.

— C'est vrai, oui, répondis-je enfin.

Le camion trembla de nouveau sous une grosse bourrasque de vent.

— On y va ? demandai-je.

Assez étrangement, je n'avais aucune envie de partir. J'aurais pu rester là, dans mon camion avec Elias pour toujours. Il était absolument renversant, tellement même que c'en était dangereux pour ma santé mentale. Je me sentais si bien, ici. Je n'avais jamais peur de ce qu'Elias pouvait penser de moi.

Après un long moment, il but une gorgée de café et il acquiesça.

— Oui.

Il m'ouvrit la porte et attendit que je la verrouille, après quoi nous traversâmes le parking en courant jusqu'à son pick-up. Nous étions tous deux trempés lorsque nous montâmes à l'intérieur. Je me tournai vers lui en claquant des dents et Elias mit le contact pour lancer le chauffage.

— Tu n'avais pas de parapluie ? me demanda-t-il.

Mes cheveux étaient trempés, tout comme les siens.

— Toi non plus, je te rappelle.

Il se tourna pour récupérer une serviette sur sa banquette arrière.

— Elle est propre.

Je m'essuyai les cheveux, le cou et le visage avant de la lui tendre. Il en fit autant.

— Allez, on y va, dit-il en la jetant à l'arrière.

En dépit du fait que nous n'étions plus dans mon camion, j'avais l'impression que nous avions emporté notre petite bulle avec nous. La météo était, comme je m'y attendais, terrible. Je lançai un regard au port, où l'eau grise se mêlait au ciel tempétueux. L'océan et les nuages étaient presque indiscernables, à l'exception d'une fine bande d'ombre plus sombre. Le vent faisait trembler son pick-up alors qu'il conduisait.

Chapitre Seize

CAMMI

Je m'autorisai à lui voler un regard et des papillons se mirent aussitôt à virevolter dans mon ventre. J'étais loin d'être attirante là, trempée comme ça, mais mon corps ne semblait pas en penser autant d'Elias. Une virilité rassurante irradiait de lui et me donnait envie de me blottir entre ses bras.

Nous fîmes la route en silence et je dus me mordre la langue pour m'empêcher de le couvrir de remerciements.

— Je ne sais pas ce que je vais faire de ma voiture, dis-je enfin dans un soupir frustré.

— Il faut juste faire réparer ton pare-brise. J'ai jeté un coup d'œil en mettant la bâche. Ce n'est pas bien grave, juste du verre brisé. Les assurances ne rechignent pas à rembourser ça, en théorie. Tu peux aller chez ton mécano habituel. Et si tu n'en as pas, je peux te donner le numéro du garage où on va d'habitude, à l'auberge.

— J'appellerai ma compagnie d'assurance demain et on verra ce que ça donne. Encore merci.

Je me tus un instant avant d'ajouter :

— J'ai l'impression de passer mon temps à te remercier. Je te jure que ma vie n'est pas juste une suite de catastrophes.

— On a tous des problèmes. Je suis sûr que tu me rendras la pareille un jour, répondit-il tranquillement.

— Ça te dirait, une pizza ? demandai-je soudain.

Il s'arrêta à l'intersection qui menait à chez moi et se tourna vers moi.

— Poupée, je ne dis jamais non à une pizza.

Je souris.

— On a qu'à passer chez *Glacier Pizza*, dans ce cas. C'est sur la route.

Un instant plus tard, nous nous arrêtâmes en face de la pancarte illuminée de la pizzeria.

— C'est moi qui offre, dis-je alors qu'il coupait le contact.

Il s'apprêtait à protester mais je secouai la tête.

— T'as changé mon pneu gratis, tu m'as ramenée chez moi et en plus t'as mis une bâche sur mon pare-brise cassé. Je peux au moins t'offrir une pizza. Attends-moi ici.

Glacier Pizza était un restaurant adoré des locaux comme des touristes. La pluie semblait avoir fait fuir les clients, mais je croisai malgré tout quelques irréductibles à l'intérieur. Il faisait bon chaud, ici. C'était un restaurant sans prétention, mais on y servait des pizzas délicieuses. Un gigantesque four en brique trônait au centre de la salle, entouré d'une cuisine ouverte et d'un comptoir.

Les clients pouvaient s'asseoir au comptoir pour regarder les cuisiniers préparer leur pizza ou aller s'asseoir à une table pour se détendre en discutant. Les murs étaient couverts de photos de locaux comme de touristes, ainsi que de plaques d'immatriculation provenant de tout le pays.

Je me dépêchai d'aller au comptoir et saluai le jeune caissier, Ryan.

— Vous avez une grande pizza déjà toute prête ?

C'était l'un des avantages de *Glacier Pizza*. Ils avaient toujours des pizzas prêtes d'avance à vendre à la part ou entières. On pouvait en commander d'autres, bien évidemment, mais toutes les pizzas qu'ils préparaient dans leur four à bois étaient délicieuses.

Le caissier se tourna pour aller vérifier en cuisine. J'envoyai un message rapide à Elias.

Tu as envie d'un truc en particulier ou ça te va, pepperoni ? À moins que tu sois végétarien ?

J'accompagnai mon message d'un clin d'œil. Je doutais franchement qu'Elias soit végétarien. Sa réponse fut presque immédiate.

J'adore la pizza pepperoni mais j'aime aussi les légumes. Prends ce qu'ils ont et qui te fait envie.

Ryan vint me rejoindre, un sourire aux lèvres.

— Il ne nous reste que de la pizza pepperoni ou au fromage. On a été dévalisés.

— Je vous prends deux grandes pepperoni, dans ce cas.

Ryan m'encaissa quelques minutes plus tard et j'en profitai pour lui demander,

— Comment vont les affaires ?

Je faisais allusion au magasin d'équipement sportif que son grand frère Eli tenait et où il travaillait aussi. Ryan, comme la grande majorité des habitants de l'Alaska, avait plusieurs casquettes. Il travaillait à *Glacier Pizza* quelques heures par semaine, ainsi qu'au magasin de son frère tout en suivant une formation de pompier.

— La saison commence tout juste alors c'est plutôt tranquille en ce moment, mais on risque d'avoir pas mal de monde d'ici quelques semaines. Les hivers sont tranquilles, c'est pour ça que je travaille ici, répondit-il dans un sourire.

— Je suis sûre qu'Eli trouverait à t'occuper si tu voulais faire plus d'heures, répondis-je en mettant ma monnaie dans le bocal à pourboires.

Ryan haussa les épaules.

— Il me donne déjà pas mal d'heures mais je voulais me faire un peu plus d'argent. Du coup, je travaille quarante heures chez lui et trois soirs par semaine ici. J'économise pour un pick-up.

— T'es un bon gamin.

Ryan me lança un faux regard noir.

— Je suis plus un gamin, Cammi. J'ai vingt-et-un ans, l'âge légal pour boire de l'alcool.

— D'accord, d'accord. T'es plus un gamin, mais ne va pas te perdre dans l'alcool pour autant.

Il leva les yeux au ciel et me salua d'un geste de la main. J'avais appris à connaître Ryan par le biais d'Eli et de sa femme, Jessa, et avais rapidement découvert qu'il était très mature pour son âge. Il était responsable et toujours prêt à donner un coup de main, et je devais avouer qu'il m'arrivait parfois de regretter qu'il ne s'amuse pas un peu plus.

— Pas d'alcool, répétai-je en sortant.

Je rejoignis le pick-up d'Elias en courant et il me lança un regard interrogateur lorsque je montai et posai les deux boîtes à pizza sur mes genoux.

— Deux boîtes ?

— Il vaut mieux trop que pas assez. D'autant que c'est trop bon, la pizza au petit-déjeuner.

Je songeai aussitôt à proposer des restes de pizza pour le petit-déjeuner au *Misty Mountain Café*. Ce ne seraient pas de vrais restes, bien entendu, mais le concept me semblait prometteur. Je pris mon téléphone pour noter mon idée.

Le regard d'Elias me brûlait la peau et je me tournai vers lui.

— Quoi ?

— Je n'irai nulle part tant que tu ne mettras pas ta ceinture. Qu'est-ce qui est si important pour que tu doives le noter maintenant ? Tu as piqué ma curiosité.

Je me sentis soudain gênée. Seules Susie et Tess savaient que j'envisageais sérieusement l'idée de reprendre le café. Susie m'avait dit que mes chiffres étaient bons, ce qui voulait dire que j'avais peut-être une vraie chance, après tout.

— J'ai eu une idée pour mon menu du petit-déjeuner. Je suis en train de réfléchir à acheter le *Misty Mountain Café* comme les propriétaires doivent déménager. Je pourrais y proposer pas mal de choses et je me suis dit que ça pourrait être sympa, de vendre de la pizza pour le petit-déjeuner. Qu'est-ce que t'en penses ?

Il resta silencieux pendant un si long moment que je commençais à me dire que mon idée était complètement bête. Jusqu'à ce qu'un sourire traverse ses lèvres.

— C'est du génie. Maintenant attache-toi, histoire qu'on rentre manger cette pizza.

Mon cœur se gonfla dans ma poitrine. Elias n'était pas du genre à offrir des compliments facilement. Voire même pas du tout.

Chapitre Dix-Sept

ELIAS

Cammi était assise sur un tabouret dans sa cuisine. Sa maison était adorable, voire même charmante. L'endroit était petit, mais bien aménagé, ce qui donnait une impression d'espace.

Ses fenêtres donnaient sur ce que j'imaginais être une vue de la baie en dépit du fait qu'elle était complètement invisible en cet instant. La pluie dominait complètement le paysage. Un îlot ovale séparait la cuisine du salon, où étaient disposés un canapé et une méridienne l'un en face de l'autre ainsi que des fauteuils assortis. Une télévision trônait sur le manteau de sa cheminée.

Elle avait insisté pour faire du feu lorsque nous étions rentrés. Je m'étais séché comme j'avais pu, mais mes vêtements étaient encore humides. Elle sortit de ce que je présumais être sa chambre, vêtue d'un T-shirt à manches longues assorti d'un jogging. Ses cheveux séchaient en de délicates ondulations sur ses épaules et ses joues étaient encore rouges après notre course sous la pluie. Elle me scruta en tapotant des doigts sur le comptoir.

— Attends, Susie a laissé un sac de pêche ici l'été dernier, je dois l'avoir mis dans le placard de l'entrée. Il doit y avoir un change propre qui t'ira dedans.

— Euh merci, mais je doute sincèrement que les vêtements de Susie m'aillent, répondis-je.

Elle m'ignora, allant chercher le sac en question dans son placard.

— Ah, le voilà. Tu connais Jared, non ? Je suis allée pêcher avec lui et Susie. Je me doute que ses vêtements à elle ne t'iront pas, mais ceux de Jared devraient être à ta taille.

— Bien sûr que je connais Jared, on leur envoie des clients tout le temps. Et t'as raison, on doit faire la même taille.

Je pris le sac qu'elle me tendit avant d'aller me changer dans la salle de bain, soulagé de pouvoir troquer mes vêtements humides contre un jean et un T-shirt propres et secs.

Un moment plus tard, j'ouvris une nouvelle canette de bière de la Diamond Creek Brewery en prenant une autre part de pizza.

— C'est vrai que leurs pizzas sont délicieuses, commentai-je après avoir mangé une bouchée.

Cammi n'était pas du genre à faire mine de ne pas avoir d'appétit. Elle en était déjà à sa troisième part de pizza. Elle me sourit.

— Je sais. Ils sont ouverts depuis des plombes et pourtant je ne voudrais pas qu'ils changent quoi que ce soit. Leurs pizzas sont parfaites.

Elle termina sa part en se léchant les doigts avant de pousser un petit soupir.

— Je crois qu'il va falloir que je fasse une pause.

Le vent soufflait contre les fenêtres, les carreaux battus par la pluie. Elle éloigna son assiette et prit son verre de vin pour y boire une gorgée. Mon regard se posa sur sa lèvre inférieure lorsqu'elle l'humecta pour récupérer une goutte qui s'y était perdue.

J'avais l'impression de ne rien contrôler lorsque j'étais avec Cammi. Les événements s'enchaînaient malgré moi, chacun plus intense que le précédent et menaçant de faire voler en éclats ma discipline.

Le vent soufflait fort depuis la baie, enveloppant sa petite maison alors que l'océan et la terre livraient bataille à la brise dans la tempête. Une puissante bourrasque fit clignoter les lumières. Cammi se leva de son tabouret et courut à la cuisine ouvrir un placard. Elle en sortit plusieurs grosses bougies et en posa deux sur le plan de travail avant de faire le tour de la maison pour en disposer d'autres, ici et là.

J'en profitai pour remettre quelques bûches dans le feu. Si le courant était coupé, nous aurions bien chaud tant que nous restions dans le salon. Lorsque je me redressai, je la vis allumer les deux bougies disposées dans la cuisine. Elle me rejoignit bientôt.

— Comme ça on aura de la lumière si le courant saute.

Elle se tut un instant alors que ses yeux arpentaient mon visage.

— Si tu veux rentrer, tu devrais le faire maintenant. Je sais que t'as vingt bonnes minutes de route jusque chez toi.

Si j'avais été responsable, je lui aurais sûrement dit que oui, j'allais rentrer. Mais je n'en avais pas la moindre envie.

Mon corps s'embrasait à la proximité de Cammi et j'avais besoin d'elle. Je n'avais jamais connu un tel sentiment. Bien sûr, j'avais eu mon lot d'histoires sans lendemain, chacune aussi chaude et amusante que la précédente.

Mais les choses me semblaient différentes avec

Cammi. Mon désir me semblait plus profond, mon besoin plus pressant. Cela n'avait rien à voir avec une histoire sans lendemain.

J'approchai et me postai devant elle, qui était appuyée contre le plan de travail. Elle tenait encore son briquet et je le pris, comme foudroyé sur place lorsque nos doigts s'effleurèrent. Je le posai sur le plan de travail avant de l'empoigner par les hanches. Elle cligna des yeux en me regardant. Son petit halètement embrasa mon désir déjà grandissant.

Je penchai la tête et déposai un baiser sur chaque côté de son cou. Je savais déjà combien il était sensible. Un nouveau halètement et je déposai une volée de baisers le long de sa gorge avant de remonter à ses lèvres.

Ivre de désir, je l'embrassai passionnément. Sa langue s'entremêla avec la mienne et je me délectai du goût enivrant de sa bouche. Trop tôt, je reculai pour reprendre mon souffle, que je peinais toujours à trouver lorsque j'étais près d'elle.

Ses yeux étaient vitreux et noirs de désir, et ses joues rouges. Ma queue était pressée contre la ceinture de mon pantalon, gonflée d'envie.

— Qu'est-ce qu'on est en train de faire, Elias ?

Elle me posa cette question d'une voix rocailleuse, essoufflée. J'avais déjà envie de retrouver ses lèvres. J'avais envie d'elle, tout entière, mais je ne voulais pas précipiter les choses, de peur de manquer les détails.

— On s'embrasse.

Je me tus un instant avant de soupirer :

— Pour la suite, on verra.

Elle resta silencieuse un moment, l'air lourd de désir autour de nous.

— D'accord, murmura-t-elle.

Puis elle se pencha pour embrasser ma clavicule.

Une bourrasque de vent fit trembler les fenêtres. Les lumières clignotèrent un moment avant de s'éteindre.

— Très bonne idée, murmurai-je.

Je cédai à mon envie de poser la main sur son sein pour le malaxer. Son téton se tendit sous ma paume et je découvris alors qu'elle ne portait pas de soutien-gorge.

— Comment ça ? haleta-t-elle alors que je pinçai son téton.

— T'as allumé les bougies avant la coupure d'électricité.

Une nouvelle bourrasque de vent nous rappela à la réalité et elle me repoussa doucement en prenant son briquet.

— Laisse-moi juste allumer le reste des bougies.

Je la regardai faire, leur douce lueur illuminant l'espace. Puis elle ouvrit la porte de la chambre en me lançant un petit regard en coin.

— Comme ça la cheminée la réchauffera, histoire qu'on ne gèle pas pendant la nuit.

Je la rejoignis et m'arrêtai au bout du canapé.

— Je doute que tu aies froid ce soir.

— Ah ?

Je secouai la tête et j'attendis, lui laissant tout le temps de reculer pour mettre un terme à cette folie. Elle ne le fit pas. Au lieu de ça, elle leva la main pour faire courir ses doigts le long de ma mâchoire avant de se pencher pour me donner un autre baiser renversant.

Cette fois, je la pressai contre moi tout en me délectant d'elle, embrasé par les flammes qui brûlaient entre nous. Ses courbes étaient douces contre moi, et ma queue se nicha entre ses jambes. Je savourai le plaisir qu'elle me procura alors qu'elle se frottait contre moi.

À bout de souffle, je levai et me tournai avant de lui prendre la main. Elle s'écroula sur mes genoux lorsque je pris place sur le canapé et l'attirai contre moi. Elle glissa les genoux autour de mes cuisses et enfouit la main dans mes cheveux avant de capturer mes lèvres dans un nouveau baiser ensorcelant.

Je glissai les mains sous son T-shirt pour le relever. Sa peau était douce comme de la soie. Elle prit son T-shirt pour le retirer et une vague de chaleur me traversa lorsque j'entendis le tissu s'écraser par terre.

Je regardai Cammi, assise sur mes genoux à moitié nue, hypnotisé.

— T'es époustouflante, murmurai-je en déposant un baiser entre ses seins.

J'en malaxai un et me penchai pour lécher son téton avant de le suçoter et de le mordiller. Elle poussa un gémissement essoufflé en se tortillant sur mes genoux, ivre de désir.

Lorsque je levai la tête, elle fronça les sourcils.

— T'es trop habillé.

Je ris.

— On parie sur qui se déshabillera le plus vite ?

Elle secoua la tête.

— Contentons-nous de nous mettre à poil.

Sur ce commentaire audacieux, elle se leva pour faire glisser son jogging le long de ses jambes. Je me débarrassai de mon T-shirt et la découvris alors vêtue d'une simple culotte en soie rose. Je crus défaillir.

Elle s'apprêtait à la retirer lorsque je l'arrêtai.

— Pas encore, ma beauté.

Son regard noir soutint le mien et elle se mordilla la lèvre, faisant pulser mon entrejambe. Elle haussa un sourcil, un petit sourire aux lèvres.

— T'as perdu la course.

— Parce qu'on faisait la course ? murmurai-je en me levant pour retirer le reste de mes vêtements.

Je me tins devant elle, vêtu uniquement de mon boxer en coton. Je réalisai alors que si j'avais un préservatif, il devait être dans mon vide-poche.

Presque comme si elle avait lu dans mes pensées, Cammi s'éloigna, m'offrant une vue délectable de son derrière dans cette culotte en soie rose. Un instant plus tard, elle sortit de sa salle de bain, une boîte de préservatifs fermée à la main.

— T'es ambitieuse, plaisantai-je lorsqu'elle la posa sur la table basse.

Elle leva les yeux au ciel.

— Cette maison était une location de vacances à une époque. La boîte était là quand je l'ai achetée et comme elle n'était pas ouverte...

Elle se tut en plaquant les mains contre mon torse et en me poussant pour me faire asseoir sur le canapé. Elle se rassit sur mes genoux et nos lèvres se retrouvèrent, animées par un désir enivrant.

Je dévorai ses lèvres, chacun de nous s'écartant ici et là pour reprendre son souffle alors que ses mains arpentaient tout mon corps. Elle effleura mon torse et mes bras et je savourai sa peau douce et ses courbes délicieuses.

Mon désir grandissait doucement en moi, me faisant tourner la tête. Je caressai la peau sensible de l'intérieur de ses cuisses, écartant sa culotte en soie pour plonger dans sa féminité chaude. Elle gémit, se pressant contre ma main. Nous nous perdîmes dans nos baisers, explorant le corps de l'autre tout en douceur alors qu'elle tremblait autour de mes doigts.

Un instant plus tard, j'allongeai Cammi sur le sofa. Elle se débarrassa de sa culotte et je fis courir mes mains le long de ses jambes avant de lui écarter les cuisses, plongeant la langue entre ses lèvres intimes trempées tout en glissant deux doigts en elle.

Son corps se cambra alors qu'elle tremblait en poussant un cri. Elle était déjà au bord de l'extase. Son odeur musquée m'enveloppa alors que je la menais toujours plus loin, jusqu'à ce que sa féminité se resserre autour de mes doigts.

Elle tremblait encore lorsque je me débarrassai enfin de mon caleçon. Je pris la boîte de préservatifs que j'ouvris de mes mains tremblantes avant de glisser un préservatif sur mon manche. J'étais habité par un désir tel que j'étais soudain désespéré.

Il *fallait* que je m'enfouisse en elle. Je me glissai au-dessus d'elle et, impatiente, elle enroula les jambes autour de ma taille pour m'attirer vers elle. Je lui volai un autre baiser avant de me redresser pour nicher mon gland contre son entrée.

Chapitre Dix-Huit

CAMMI

Ma peau était couverte de transpiration. Les flammes de la cheminée illuminaient le corps musclé d'Elias. Il avait un air de dieu grec.

Mon cœur battait à tout rompre dans ma poitrine. Je sentis son gland épais se presser contre mon entrée et brûlai aussitôt d'envie qu'il m'emplisse. Et il exauça mon vœu, me pénétrant d'un profond coup de reins. Une vague de plaisir presque éblouissante me submergea et je fermai les yeux.

La respiration tremblante, j'ouvris les yeux lorsqu'Elias prononça mon nom. Je croisai son regard perçant et me sentis soudain dénudée, aussi bien à l'intérieur qu'à l'extérieur.

C'était *si* bon d'être avec lui.

Il était aussi doué avec ses mains qu'avec sa bouche, mais j'avais tout fait pour me convaincre que ce que nous étions en train de partager n'avait rien de sérieux. Jusqu'à maintenant. Son torse musclé pressé contre ma poitrine alors qu'il se redressait sur ses coudes, je pouvais sentir son cœur battre en rythme avec le mien alors que nous nous regardions. Nous restâmes complètement immobiles pendant un moment.

Jusqu'à ce que mon corps se mette à bouger malgré moi et que je me tortille contre lui. Il semblait savoir ce dont j'avais besoin et il me le donna, se retirant pour m'emplir de nouveau. Ses va-et-vient étaient lents et mesurés d'abord, mais je haletais déjà, au bord d'un deuxième orgasme. J'avais l'impression d'être au bord de l'explosion et je suppliai, pas le moins du monde gênée :

— Plus fort, je t'en prie.

— Tout ce que tu voudras, beauté.

Il embrassa mon cou avant de me donner un profond coup de reins et mon orgasme me submergea, embrasant tout mon corps. J'étais encore aveuglée par mon propre plaisir lorsque je le sentis se tendre et frissonner tandis qu'il gémissait.

Il s'écroula contre moi et je savourai son poids contre mon corps. Il ne s'attarda pas cependant, et se redressa aussitôt avant de rouler pour m'installer au-dessus de lui. J'avais l'impression de m'être échouée sur une plage après une tempête, agrippée à son torse musclé alors que je reprenais mon souffle.

Un moment plus tard, le vacarme de la tempête me ramena à la réalité et je levai la tête. Elias ouvrit les yeux et je caressai ses cheveux ébouriffés.

— On a fait bien plus que s'embrasser.

Il rit et se pencha pour déposer un autre baiser dans mon cou. Je frissonnai, me rendant compte que j'étais déjà prête pour le match retour. Je trouvais cette idée complètement folle.

Il se tourna pour regarder le feu dans la cheminée.

— Ton chauffage est à l'électrique ? me demanda-t-il.

J'acquiesçai.

— Oui, mais j'ai un chauffage d'appoint au propane. Entre ça et la cheminée, on devrait être à l'aise. Je doute que le courant soit rétabli de si tôt.

Nous nous levâmes un moment plus tard et allâmes prendre une douche ensemble. Elias me mena à l'extase une nouvelle fois à l'aide de ses doigts, et je crus avoir découvert le paradis.

Je m'endormis entre ses bras puissants un peu plus tard, bercée par une petite voix dans un coin de ma tête qui se demandait dans quoi j'étais en train de m'embarquer.

———

Elias gémit de plaisir en s'appuyant contre le plan de travail.

— Tu fais vraiment le meilleur café au monde.

Son compliment était plus qu'exagéré mais je rougis malgré tout.

— Tu exagères. Ma petite machine à espresso est loin d'arriver à la cheville de celle de mon café.

Il but une autre gorgée de café et je le regardai faire, fascinée. Bordel, rien que de le voir avaler était sexy. J'étais *vraiment* en train de devenir folle.

Il posa sa tasse et soutint mon regard. J'avais l'impression que tout mon corps s'embrasait sous ses yeux.

— Il est tout aussi bon.

Il se tourna sur son tabouret pour regarder à travers les fenêtres.

La tempête s'était calmée dans la nuit et le courant était revenu quelques minutes après notre réveil, ce matin. J'avais adoré me réveiller avec Elias pressé contre mon dos. Ça m'avait semblé si naturel. Sans oublier la façon dont il m'avait ensuite retournée pour m'enivrer de plaisir. J'étais constamment folle de désir avec lui, et j'oubliais toutes mes résolutions chaque fois que ses lèvres se posaient sur les miennes.

Nous allâmes prendre une douche ensemble un peu plus tard. J'avais l'habitude d'en prendre une tous les matins pour me réveiller. Même si, bien sûr, le fait de voir les bulles de savon dévaler le long de son torse et de son dos musclés, et sur tout le reste, ne fit que raviver mon désir de nouveau. Lorsque nous sortîmes, je préparai des pancakes à déguster avec notre café.

— Sacrée tempête hier soir, commenta-t-il en admirant la vue.

Ma maison était située en haut d'un escarpement rocheux qui dominait le port et la baie. Plusieurs branches d'arbre étaient tombées dans mon jardin et l'adorable drapeau libellule que j'avais pendu sur mon porche s'était déchiré et était roulé en boule dans l'herbe.

— Je suis contente que rien d'autre n'ait été abîmé en dehors de mon pare-brise, répondis-je.

Elias se tourna vers moi.

— Je t'emmène au café. Tu devrais peut-être appeler ta compagnie d'assurance ce matin.

Mon cœur se serra. C'était dans ce genre de situation qu'on appelait ses parents, normalement. Mais je les avais perdus tour à tour ces deux dernières années. Mon père avait été emporté par une crise cardiaque dans son sommeil et ma mère était morte des suites de complications liées à son diabète l'année suivante. Ils me manquaient terriblement, et je peinais à faire mon deuil.

Je réfléchis un instant, me demandant si je pouvais appeler une amie pour lui demander un coup de main. Je ne doutais pas qu'elles seraient toutes ravies de m'aider, mais je devinais qu'elles devaient aussi être occupées avec leurs enfants.

— Oui, il faut que je fasse réparer le pare-brise si je veux pouvoir conduire. J'espère qu'il n'y a pas de dégâts à l'intérieur. Merci encore d'avoir mis une bâche.

— Espérons qu'elle aura tenu toute la nuit, dit-il.

— Je vais appeler ma compagnie d'assurance. Avec un peu de chance, ils pourront s'arranger pour que ce soit réparé aujourd'hui.

Il acquiesça.

— Ça marche. Je te dépose, et si t'as besoin d'aller quelque part dans l'après-midi, envoie-moi un message.

J'ouvris la bouche pour protester mais je me tus lorsqu'il ajouta :

— J'ai quelques vols prévus ce matin, mais je suis libre comme l'air cet après-midi.

— D'accord, dis-je, déstabilisée.

Je n'avais pas envie de le forcer à me venir en aide une fois encore, mais je ne voulais pas déranger l'une de mes amies non plus.

Elias me déposa au travail, me saluant d'un baiser renversant. Je brûlais encore de désir lorsque je descendis de son pick-up en me demandant dans quoi j'avais bien pu mettre les pieds. J'appelai la compagnie d'assurance qui m'assura que quelqu'un viendrait jeter un œil à mon pare-brise afin de déterminer s'il pouvait être changé sur place ou si mon SUV devait être emmené au garage.

Un peu plus tard dans l'après-midi, j'étais en plein travail et soulagée de ne plus avoir à déranger personne étant donné que mon pare-brise avait été changé. Je ne pouvais m'empêcher de me demander, dans un recoin naïf de mon esprit, si Elias n'allait pas passer boire un café.

— Coucou, Cammi, me salua une voix.

Je levai la tête et trouvai Marley Hamilton devant moi avec son mari et leur fille. Ils faisaient la queue juste derrière le couple qu'Amy était en train d'encaisser.

— Coucou, comment ça va ? répondis-je.

— La tempête nous a fichu une sacrée trouille hier soir, commenta Marley.

Le soleil brillait dans le ciel aujourd'hui, en dépit du fait qu'une brise iodée soufflait encore depuis le port. Marley avait attaché ses cheveux auburn en queue de cheval et ils dansaient dans le vent alors qu'elle me souriait.

Gage ajouta :

— Ouais, un arbre a même été déraciné près du chalet. Il n'a pas fait trop de dégâts, mais c'est pour ça qu'on est venus en ville. On avait des trucs à acheter au magasin de bricolage.

— Le gros arbre il est tombé ! gazouilla Holly, leur fille.

Je lui souris alors qu'ils avançaient. J'étais déjà en train de préparer leurs cafés et je les leur donnai tout en répondant :

— Ah, je sais. Une branche a traversé mon parebrise, mais heureusement, l'assurance a vite réagi. C'est déjà réparé.

— C'est bien qu'il n'y ait pas eu d'autres dégâts.

Marley se tut un instant en regardant toutes les voitures garées sur le parking.

— T'as vachement de clients à cette période de l'année, commenta-t-elle.

— Je sais. J'ai l'impression que les affaires reprennent de plus en plus tôt tous les ans. Comment ça va, à la station ?

— On a moins de skieurs forcément, mais le restaurant tourne bien. On a toujours un peu moins de monde à cette période de l'année comme la neige n'est pas assez bonne pour skier et que les sentiers ne sont pas encore en état pour randonner. On devrait être de nouveau complets d'ici un mois ou deux.

Soudain, je levai la tête. J'ignorais pourquoi mais je savais qu'Elias était là. Mon cœur bondit aussitôt dans ma poitrine et je m'efforçai d'arracher mon regard à son pick-up pour me concentrer sur Marley. Bordel, même la vue de son pick-up me faisait de l'effet.

— La rumeur raconte que tu penses à acheter le Misty Mountain.

— Où t'as entendu ça ? m'exclamai-je.

— Je tiens ça d'Hannah. Je crois que tu devrais foncer. J'adore l'endroit, mais le café que tu sers est bien meilleur, il n'y a pas photo.

— J'y réfléchis sérieusement. Si j'ai l'opportunité d'acheter, je crois que je le ferai, répondis-je alors qu'Elias rejoignait la file.

Son regard croisa le mien et il embrasa aussitôt mon corps. Gage se tourna vers Elias, Holly gigotant dans ses bras. Elle avait à peine plus de trois ans et elle n'aimait plus être prise dans les bras.

— Content de te voir, mon pote, dit-il à Elias, un sourire aux lèvres. Comment ça va ?

Gage était très beau, avec des cheveux bruns et des yeux gris enchanteurs. Pourtant, je ne ressentais rien lorsque je le regardais. Elias était le seul à avoir le pouvoir de me faire défaillir d'un simple regard.

— Ça va, répondit Elias en hochant la tête. Je suis content de pouvoir voler de nouveau.

Gage rit.

— Je comprends. J'ai du mal à rester à ne rien faire, moi aussi.

Elias hocha la tête en même temps qu'Holly

fondait en larmes, contrariée que Marley éloigne son gobelet de café lorsqu'elle tenta de le prendre.

Gage la réconforta et elle se calma un peu avant de lancer un regard noir à sa mère. Marley pouffa.

— Elle veut tout ce que j'ai, ces temps-ci.

Je surpris Elias en train de scruter Holly avec ce qui ressemblait à un air sceptique.

Gage le vit faire, lui aussi.

— Ça vaut le coup, mon pote.

Elias sourit en lui offrant une réponse neutre que je n'entendis pas. Après leur départ, un autre groupe de clients arriva. Je n'eus pas la chance de discuter avec Elias, bien qu'il s'arrêta pour dire :

— Je vois que ton pare-brise a été remplacé. Je t'enverrai un message pour te donner les infos pour ce week-end.

Il partit et je me mis aussitôt à disséquer les détails de son interaction avec Gage et Marley, en me demandant s'il voulait des enfants ou pas.

Pourquoi tu penses déjà à ça ? C'était déjà le problème avec Joël. Arrête de mettre la charrue avant les bœufs.

Oui, j'étais allée bien trop vite avec Joël. J'avais eu tellement envie de trouver une relation sérieuse que j'avais ignoré tous les signaux d'alerte qui auraient pu m'aider à me rendre compte que j'étais tombée sur un connard fini. Si je n'avais pas peur qu'Elias en soit un, je ne pouvais m'empêcher de m'inquiéter de m'être laissé charmer trop tôt pour autant. Je commençais à craindre que j'étais complètement dépassée par la situation.

Chapitre Dix-Neuf

ELIAS

— T'es pas mal dis donc, me dit Nora d'un air taquin.

Je lui lançai un regard en coin.

— Comment ça ?

Je devinai à la lueur espiègle que j'apercevais au fond de ses yeux qu'elle était en train de se payer ma tête.

— T'es très beau dans ce costume. Et tu vas très bien avec Cammi. Tu la traites comme si c'était un vrai rancard.

Je me redressai dans ma veste de costume.

— C'*est* un vrai rancard.

Nous étions à la collecte de fonds que Daphné avait organisée et à laquelle nous avions tous été forcés de nous rendre. Rien qu'à en juger par la foule d'invités, c'était un véritable succès. Nous avions choisi de faire don de vols pour les touristes. Tous ceux qui n'étaient pas rattachés à une entreprise qui donnait quelque chose avaient dû payer une somme rondelette pour le dîner. Sachant que c'était Daphné qui avait tout préparé, ça en valait bien la peine.

— Daphné s'est surpassée avec le dîner, dis-je à Nora. Et t'es pas mal non plus.

Mon compliment était parfaitement platonique mais elle était très jolie, c'était vrai. Nora avait lissé ses longs cheveux noirs qui cascadaient dans son dos. Elle les portait normalement en tresse, en queue de cheval ou en chignon. Ses grands yeux bruns étaient soulignés par un joli smoky et elle portait une robe élégante. Nous avions tous remarqué la façon dont Gabriel la regardait.

D'ailleurs, lorsque je balayai la pièce du regard, je le remarquai non loin de là, en train de discuter avec Grant et Flynn, ses yeux rivés sur elle. Il avait l'air à la fois furieux et fou d'amour.

— Tu rends Gabriel complètement dingue, au fait.

Nora me lança un regard noir.

— Je ne vois pas du tout de quoi tu parles.

— Comme tu voudras, répondis-je tranquillement.

Ça ne me regardait pas franchement s'ils voulaient continuer à nier l'alchimie qui régnait entre eux, après tout.

Je sentis la présence de Cammi avant même qu'elle revienne à mes côtés. Elle était allée aux toilettes. Je me tournai, foudroyé sur place comme à chaque fois que je la voyais. Elle était époustouflante, ce soir. Ses cheveux dansèrent sur ses épaules lorsqu'elle se tourna pour sourire à quelqu'un qui l'avait interpellée. Lors-qu'elle vint me rejoindre, mon cœur manqua un batte-ment dans ma poitrine. Elle n'avait pas besoin de maquillage mais bordel, avec ce fard à paupières fumé et cette petite touche de gloss, je brûlais d'envie de l'embrasser. Le bleu de ses yeux ressortait encore davantage, si cela était possible.

Elle portait une robe en soie bleu marine qui moulait ses formes à la perfection, au point que j'en étais jaloux, ce qui était une toute nouvelle expérience pour moi. J'avais autant envie de faire courir mes doigts sur le tissu que de le déchirer. La seule chose qui m'en empêchait était le fait que j'avais des *manières*.

Lorsqu'elle vint me rejoindre, je posai la main sur le bas de son dos, savourant la chaleur de sa peau et le dos-nu qui s'arrêtait juste au-dessus de ses fesses. Je dus me faire violence pour ravaler mon envie de les malaxer.

— Tu veux un autre verre de champagne ? demandai-je en voyant un serveur se frayer un chemin à travers la foule avec un plateau rempli de flûtes.

— Dans un moment, dit-elle. Je suis sûre que l'un des serveurs passera bientôt vers nous. Daphné a fait du très bon travail.

— Comme toujours, intervint Nora.

Cammi sourit.

— C'est vrai. Vous devez être contents de l'avoir à l'auberge.

— Ah ça, c'est clair, répondis-je. On est tous très contents que Flynn et elle soient ensemble. Sans ça, elle n'aurait sûrement pas de mal à se trouver un poste dans un autre restaurant.

— C'est vrai qu'on a de la chance, dit Nora.

— Mais ça a l'air de vraiment lui plaire. Je ne pense pas qu'elle serait allée ailleurs si elle ne s'était pas mise avec Flynn. On dirait vraiment qu'elle a trouvé sa place.

J'en étais profondément convaincu. Parce que c'était mon cas aussi. Ma relation avec Cammi commençait à me pousser à me demander si mon séjour en Alaska pouvait être plus qu'une simple virée pour trouver la paix. Cette idée me rendait dingue. Parce que j'avais du mal à faire de la place aux autres dans ma vie. C'était ce contre quoi je m'étais toujours battu.

La collecte se poursuivit et je fus soulagé que Cammi soit avec moi. Elle était agréable, drôle et elle connaissait les mêmes personnes que moi, et même d'autres. Quelques heures plus tard, nous étions assis à une table avec Flynn, Daphné, Diego, Nora et Tucker. Mon bras était posé sur ses épaules, parce que je me fichais bien que mes amis sachent que j'en pinçais pour elle.

Soudain, Cammi sursauta sur son siège et je la sentis se tendre sous mon bras. Lorsque je me tournai vers elle, je vis qu'elle avait un air horrifié sur le visage. Personne d'autre ne l'avait encore remarqué étant donné qu'ils étaient en train de discuter. Aussi, je me penchai vers elle pour lui murmurer à l'oreille :

— Tout va bien ?

— Euh, tu te souviens du type avec qui j'étais ? Celui qui était marié ?

J'acquiesçai et elle poursuivit :

— Il est là, avec une autre femme. Alors bon, moi je m'en fous, mais merde... si ça se trouve, il est en train de recommencer.

Je suivis son regard et repérai l'homme que j'avais rencontré au restaurant de l'auberge. Effectivement, la femme qui était pendue à son bras ne ressemblait en *rien* à celle que j'avais vue ce soir-là. Et ils avaient l'air *très* proches. Il avait le bras autour de sa taille et elle riait à l'une de ses blagues.

— Bon, c'est un connard. Mais tu le savais déjà.

Cammi souffla.

— Bordel, ce que je peux être bête.

Je pris son menton pour la forcer à me regarder.

— Ne sois pas trop dure avec toi-même. Il t'a menti, c'est tout. Et ne va pas changer à cause de lui.

Fais-moi confiance, ce n'est pas sain de vivre en doutant de tout et de tout le monde. Est-ce que tu jugerais cette femme si tu savais qu'il lui avait menti comme il l'a fait avec toi ?

Elle rougit, l'air peiné alors qu'elle secouait la tête.

— Non, mais...

— Pas de mais. Il t'a menti et tu l'as cru. C'est tout.

Cammi déglutit en acquiesçant. Le rouge de ses joues se dissipa et elle me lança un petit sourire.

— Merci. J'ai tourné la page sur notre relation, mais ça me rend malade.

— Tu veux que j'aille lui mettre un pain pour toi ?

J'étais tout à fait sérieux. Je ne prendrais pas le risque de gâcher la collecte de fonds de Daphné, mais je le ferais dehors.

Elle écarquilla les yeux.

— Mais non ! T'es pas sérieux quand même, si ?

— Bien sûr que si. Tu ne méritais pas qu'on te mente, et la femme avec laquelle il est ne le mérite pas non plus. J'ai beau ne pas la connaître, je n'ai jamais aimé les menteurs.

Ma propre expérience de ce genre de personne était empreinte d'amertume. Bordel, j'étais encore hanté par la trahison de mon ami. Et pourtant, il me manquait. C'était ça, le plus tordu dans cette histoire. Et c'était pour ça que je m'étais promis de ne plus jamais m'ouvrir à personne. Le problème étant que je n'aurais jamais imaginé développer des sentiments pour quiconque.

Cammi était en train de me faire comprendre que j'étais incapable de contrôler mes émotions d'une quelconque façon que ce soit.

— Non c'est bon, dit-elle en secouant la tête. J'ai

beau être horrifiée, ça me réconforte quelque part de voir qu'il n'a pas changé. Ce n'était pas juste moi.

— Tu devrais peut-être prévenir sa femme.

Elle se mordilla la lèvre inférieure, attirant mon attention. Cette fois je ne me retins pas, je me penchai pour l'embrasser. Je dévorai ses lèvres douces. Elle répondit à mon baiser aussitôt et sa langue audacieuse vint caresser la mienne.

Lorsque je reculai, elle poussa un rire enchanteur.

— Tu me fais vraiment tout oublier, y compris l'endroit où on se trouve.

J'entendis Diego rire en bout de table et je haussai les épaules, pas le moins du monde gêné.

— Je vous avais dit que c'était un vrai rancard, intervint Nora, assise entre Diego et Tucker.

— On était tous au courant. Laissez-les tranquilles maintenant, dit Daphné.

Daphné avait beau être petite, elle n'en était pas moins affirmée et nous avions tous tendance à lui obéir au doigt et à l'œil.

Ce qui était arrivé à Cammi aurait dû me faire peur, mais ce n'était pas le cas. Il était évident qu'elle s'était retrouvée empêtrée dans cette liaison sans s'en rendre compte. J'avais beau détester le fait que cela me rappelait la mort et la trahison de mon ami, ce qu'avait fait Cammi était complètement différent. Lui savait ce qu'il faisait lorsqu'il avait couché avec ma copine de l'époque.

J'avais beau avoir envie d'aller tabasser l'homme qui avait trahi Cammi, je n'en fis rien. J'ignorais quoi penser de cet étrange besoin protecteur que je ressentais tout à coup.

Je me souvins de la mort de Greg. De mon ex, qui sanglotait à l'autre bout du fil. C'était là que j'avais compris qu'elle avait une liaison avec mon meilleur ami. Je me souvins qu'elle avait essayé d'arranger les choses entre nous, mais j'avais déjà jeté l'éponge. Je me souvins de la douleur physique et de ma descente dans le réconfort des opiacés. Ces compagnies pharmaceutiques vendaient vraiment du poison. Entre ma douleur physique et ma détresse émotionnelle, il avait été trop tentant de plonger dans le néant douillet des opiacés.

J'étais encore en train de penser à tout ça un peu plus tard lorsque je vis cet homme se tourner vers Cammi, ses yeux s'attardant sur elle un instant.

Ma main était posée sur son dos et je la glissai autour de ses hanches, possessif. Parce qu'elle était à moi. Même si je n'étais pas encore tout à fait prêt à me demander ce que cela impliquait vraiment.

Je brûlai d'envie la nuit entière. Lorsque Daphné annonça enfin les différents gagnants de la loterie, j'étais plus que prêt à me tirer de là. Parce que j'avais besoin de Cammi.

Chapitre Vingt

CAMMI

La nuit était déjà bien avancée et les étoiles brillaient dans l'obscurité. Nous roulions sur l'autoroute, le clair de lune dansant sur la surface de l'océan en fond. J'étais électrisée, ivre de désir et troublée par cette émotion qui bouillonnait en moi. J'ignorais ce à quoi je m'étais attendue ce soir, mais *pas* à ce qu'il se montre aussi affectueux avec moi en public.

Ça ne m'avait pas dérangée, bien sûr, même loin de là. J'avais été surprise de croiser Joël là-bas et sa présence aurait pu gâcher ma soirée mais ça n'avait finalement pas été le cas. J'avais tourné la page sur lui. J'étais soulagée qu'il m'ait vue avec Elias, d'ailleurs. J'espérais qu'après ça, il me lâcherait les baskets une bonne fois pour toutes. J'avais trouvé si agréable d'être blottie contre Elias, son bras autour de ma taille alors qu'il m'enlaçait d'une façon presque possessive.

Voir Joël ce soir avait été un rappel frappant de tout ce qu'il n'était pas. Elias était la version authentique de l'image passée que Joël s'efforçait de projeter. Elias irradiait la virilité presque primitive sans le moindre effort. Et bordel, ce qu'il était beau ! Ma féminité tremblait rien que d'avoir passé la soirée à ses côtés.

Il avait une aura intense, presque pensive, que j'ignorais comment interpréter alors qu'il me reconduisait chez moi. Il se pencha pour me prendre la main, qu'il embrassa.

— Merci d'être venue ce soir.

— Merci à toi de m'avoir invitée. La nourriture était délicieuse et la fête très agréable. On a rarement la chance d'assister à de tels événements.

— Daphné sera ravie de savoir que ça t'a plu. Rappelle-moi combien de temps dure le trajet jusqu'à Diamond Creek ?

Nous étions montés à Kenai pour assister à la collecte de fonds.

— Presque deux heures, répondis-je.

Il grogna en glissant la main sous ma robe en soie qu'il remonta sur mes cuisses. Il avait beau faire frais ce soir, je m'étais doutée que j'aurais chaud au milieu de la foule, si bien que je n'avais pas mis de collants. Je frissonnai pourtant en sentant sa main calleuse remonter ma cuisse. J'étais trempée. Je l'avais été toute la soirée. Elias avait cet effet sur moi.

— Je ne peux pas attendre si longtemps.

La voix d'Elias résonna en moi.

— Attendre si longtemps pour quoi ?

— Toi.

Sa paume remonta davantage, se posant sur ma féminité. Ses doigts me caressèrent à travers la soie mouillée. Je ne pus retenir un gémissement rauque. Elias accéléra légèrement avant de faire une embardée sur un chemin qui menait à une clairière. Il avait beau faire nuit, et j'avais beau être ivre de désir, je reconnaissais cette route. Je voyais presque la carte dans mon esprit. En été, des tables de pique-nique étaient installées là pour que les gens puissent venir déjeuner au soleil.

Le chemin courait à travers des arbres et donnait sur un petit point de vue. Elias se gara sur le parking avant de couper le contact brutalement. Je doutais qu'il se soit garé dans les lignes, mais je m'en foutais. Et le parking était désert de toute façon.

Il recula son siège et me fit asseoir sur ses genoux. J'adorais l'embrasser. Il avait beau être un peu dominateur, je ne me laissais pas faire pour autant. Il rit lorsque je mordillai sa lèvre inférieure. Ses mains arpentaient tout mon corps, et j'en faisais autant avec les miennes. Ma robe était remontée au niveau de mes hanches.

Je me redressai pour pouvoir déboutonner son pantalon et baisser sa braguette, et je poussai un soupir satisfait lorsque mes doigts s'enroulèrent autour de sa longueur de velours. Il posa la tête contre son siège alors que je le caressais, effleurant son gland du bout de mon pouce.

J'avais envie de le goûter et je me penchai pour le faire, animée par un profond sentiment de satisfaction lorsqu'il gémit. Son goût musqué et salé se répandit sur ma langue. Je le taquinai un moment, suçant et léchant avant qu'il enfouisse les doigts dans mes cheveux.

— J'ai besoin d'être en toi, dit-il sans détour.

Je me redressai et baissai ma culotte, un petit rire aux lèvres lorsqu'elle se coinça sur l'une de mes chevilles. Il sortit un préservatif de son portefeuille et le déroula alors que je me redressais au-dessus de lui.

— Viens là, bébé, murmura-t-il.

Je n'avais pas besoin qu'on me donne d'ordres mais j'adorais ça. Un instant plus tard, il pressa son gland contre mon entrée. Je tentai d'y aller doucement, mais j'en fus incapable. J'étais déjà ivre de plaisir lorsqu'il plongea en moi. Je gémis et m'empalai sur lui aussitôt.

Elias avait la main posée sur ma hanche, juste en dessous de l'endroit où ma robe était enroulée, et l'autre remonta le long de mon dos alors qu'il m'attirait vers lui pour capturer mes lèvres dans un baiser époustouflant.

J'ouvris les yeux lorsqu'il s'éloigna et les siens m'attendaient, intenses. Mon cœur bondit. Puis il se retira pour s'enfouir en moi de nouveau et nous mûmes ensemble vers l'extase. J'oubliai toute notion du temps tant j'étais submergée par les sensations et le plaisir.

La fusion mouillée de nos corps appuyait juste assez sur mon clitoris pour me rapprocher dangereusement de l'orgasme. Je jouis dans un râle retentissant et il me suivit aussitôt. Ses doigts étaient enfouis dans ma chair et j'avais besoin de ce toucher, de cette pression pour m'ancrer dans l'instant.

Puis je m'écroulai sur lui. Il m'enlaça avec tendresse et je craignis un instant d'être trop facile avec lui. Je ne savais même pas comment lui résister. J'avais l'impression d'avoir été prise dans une tempête. Cet homme, qui avait toujours été si distant avec moi, me faisait défaillir. Je ne savais pas comment réagir, mais j'adorais être au creux de ses bras, bercée par sa force et son attitude protectrice.

Un moment plus tard, nous nous séparâmes avant de remettre de l'ordre dans nos vêtements.

Chapitre Vingt-Et-Un

ELIAS

Ça ne me suffisait de toute évidence pas de me perdre dans mon besoin pour Cammi avec une telle intensité que je fus forcé de m'arrêter au bord de la route pour la prendre dans mon pick-up comme un adolescent qui n'avait aucun endroit tranquille où aller. Même après ça, j'avais besoin qu'elle soit là, près de moi, nos doigts entrelacés alors que nous rentrions.

Une fois encore, j'envoyai un message à Flynn pour lui faire savoir que je le retrouverais directement au hangar le lendemain matin, parce qu'il était absolument hors de question que je passe la nuit sans Cammi.

———

Un autre soir

— T'as pas intérêt, siffla Gabriel en lançant un regard noir à Flynn, assis de l'autre côté de la table.

Un sourire traversa ses lèvres.

— J'ai pas intérêt de quoi ?

— De remporter cette putain de partie, marmonna Gabriel. Je n'ai pas encore eu une bonne main ce soir.

Nous étions en train de jouer aux cartes dans la cuisine de l'auberge. Ce soir, nous jouions au rami. Nous avions pris l'habitude de nous retrouver un à deux soirs par semaine pour jouer aux cartes une fois les clients montés dans leur chambre.

Diego lança un regard autour de la table avant de nous montrer sa main gagnante.

Flynn rit.

— Voilà ce que j'avais, moi. Je n'allais pas gagner avec ça. Mais vous savez ce qu'on dit.

— Que ce ne sont pas les cartes qu'on nous donne qui comptent, mais la façon dont on les joue ? marmonna Gabriel.

— T'es trop impatient, suggérai-je.

— Tu gagnes pas aussi souvent que ça, je te signale, rétorqua Gabriel.

— C'est vrai, sûrement parce que je m'en fous.

Je posai mes cartes et vidai ma bouteille de bière. Puis je me tournai vers Flynn et j'ajoutai :

— Je commence à vraiment apprécier notre partenariat avec la brasserie de Diamond Creek.

— Ah, ça ! renchérit Diego.

Flynn pencha la tête sur le côté en rassemblant nos cartes pour les mélanger.

— C'est grâce à Daphné, tout ça. Je n'ai pas le temps de négocier de contrats. Et en plus on a une réduction comme elle les aide à planifier leur menu une fois par mois.

— Elle adore faire ça, intervint Diego.

— Oh que oui. Je suis bien content qu'elle m'aime comme je suis, même si je suis sûr qu'elle préférerait un type qui puisse parler de bouffe avec elle. Elle serait capable de parler de ça pendant des heures.

Nous rîmes à l'unisson.

— Je ne crois pas que tu aies à t'inquiéter de ça, offris-je.

Flynn reprit son sérieux alors qu'il mélangeait les cartes.

— Non, c'est vrai. Et je trouve encore ça dingue chaque jour que Dieu fait.

Diego croisa mon regard.

— T'es bien parti, mon pote.

Je rassemblai mes cartes que je triai.

— Bien parti pour quoi ?

— Pour finir aussi accro que Flynn, répondit Tucker en levant les yeux au ciel.

Mon cœur bondit dans ma poitrine en songeant à Cammi. Je savais que mes amis avaient peut-être raison, mais je n'étais pas prêt à en parler avec eux pour l'instant. Je me contentai donc de hausser les épaules.

— Peut être, peut être pas.

Lorsque je levai la tête de nouveau, je réalisai pourquoi le fait d'avoir de si vieux amis pouvait s'avérer difficile, parfois. Chacun des types assis à cette table savait ce qui s'était passé la dernière fois que je m'étais attaché à une femme. L'ami qui avait tout gâché n'était pas là avec nous, lui ; Greg.

Nous étions tous très proches lors de notre service dans l'Air Force. Nous avions d'autres amis avec lesquels nous étions encore en contact, mais le groupe rassemblé ce soir était comme une famille. Ce n'était pas pour rien si nous avions tous fini ici, avec Flynn. Greg aurait sans doute été invité à nous rejoindre, lui aussi. Ou en fait non, étant donné que j'aurais sûrement fini par découvrir qu'il se tapait ma copine, celle-là même que je pensais demander en mariage. Dire qu'elle me trompait avec mon meilleur ami. Ce genre de trahison faisait un mal de chien. Pire encore, Greg avait trahi un autre de nos amis en plus du reste.

Je ne l'avais jamais dit à personne, mais après tout ça, j'avais toujours pensé que je ne serais plus capable de faire vraiment confiance à quiconque. C'était ça le plus dingue avec Cammi : j'avais une totale confiance en elle.

Diego soutint mon regard un moment, mais il ne dit rien de plus. Mes amis, dont la loyauté était indéfectible, n'évoquèrent pas le fantôme qui s'imposa entre nous.

Nous jouâmes encore quelques parties, après quoi Diego alla se coucher puisque Daphné l'attendait. Tucker et Gabriel, eux, décidèrent d'aller faire un tour en ville, tandis que Diego et moi rentrâmes de notre côté.

Nous étions dans la cuisine et je buvais un verre d'eau lorsque Diego me demanda :

— T'as tourné la page sur cette merde ?

Je savais où il voulait en venir mais, trop têtu pour l'admettre, je lui demandai :

— De quelle merde tu parles ?

— Greg et Sandra.

Je posai mon verre d'eau et allai me laisser tomber sur le canapé dans un soupir. Nous avions beau nous partager la maison à quatre, elle était toujours très propre. Diego était un peu mère poule, toujours à nettoyer après les autres. C'était aussi un très bon cuisinier, et il avait l'habitude de nous faire à manger lorsque nous ne rentrions pas à temps pour le dîner à l'auberge.

Il vint prendre place à côté de moi sur le canapé,

qui était incroyablement confortable, soit dit en passant.

Diego, en type bien et en bon ami, alluma la télévision. Je savais qu'il n'était pas prêt de changer de sujet, mais il me faisait au moins grâce d'un peu de bruit de fond.

— Je crois que oui, dis-je enfin. Ça me fait encore de la peine. Greg était mon ami. S'il avait survécu, j'aurais pu lui faire la misère et passer à autre chose. On ne serait sûrement pas restés proches mais ça me tue, ce qui s'est passé. Il est mort et il me manque encore, parfois. Sauf qu'il se tapait ma meuf dans mon dos. Je lui en veux plus à lui qu'à elle. Je me fous qu'elle m'ait trompé. C'est tellement cliché, après tout.

Diego avait mis une émission de chant. Je me laissai distraire un instant.

— Eh ben, elle va pas gagner, celle-là.

— C'est vrai. Ce n'est pas rare, d'être trompé. Ce qui est plus rare, c'est d'être trompé avec un ami proche. Je veux juste savoir si tu vas te laisser une vraie chance avec Cammi.

Je soupirai en silence. Diego était ce genre d'ami *là*, le genre d'ami sur lequel je pouvais me reposer quand j'avais besoin d'une épaule sur laquelle pleurer. Le problème étant qu'il avait forcément ses opinions à lui. Des émotions sur des sujets sérieux. Il était très proche de sa famille. Lorsqu'il finirait par tomber amoureux, parce qu'il me paraissait évident que ce serait le cas un jour, il aimerait avec force et passion, et j'espérais que la nana serait de la bonne trempe.

— Je vais essayer. Ça te va ?

Il rit.

— Je crois que tu essaies déjà. Je ne voudrais juste pas que ton passé vienne se mettre entre vous.

— On ne t'a jamais dit que tu n'avais pas choisi le bon métier ?

— Je devrais faire quoi, selon toi ? contra-t-il.

— Psy. Tu mets toujours ton nez dans mes affaires. Pas seulement les miennes, d'ailleurs.

Il éclata de rire.

— Je crois que je suis un peu trop direct pour ça. Je ne tanne que les gens que j'aime. Et seulement quand c'est nécessaire.

— Je suis vraiment content qu'on soit amis.

J'étais sincère. Même s'il pouvait me rendre dingue, parfois.

Il tapa du poing sur son torse.

— Moi pareil. Je sais que tu seras toujours là pour moi.

— En parlant d'amour, tu sais que ça risque de faire mal quand tu tomberas amoureux ? Parce que ton tour finira par venir, ce n'est qu'une question de temps.

Diego reprit son sérieux.

— Je sais. J'ai déjà été amoureux alors je sais que ça peut être un sacré chamboulement.

Je fus tenté d'insister mais j'étais exténué.

— Ce type-là non plus ne va pas gagner, dis-je pour changer de sujet.

— Moi je crois que si. On parie cinq balles ?

— Tenu. Le suivant fera bien mieux, j'en suis sûr.

— Tu ne vas même pas attendre de l'entendre ? s'étonna Diego.

— Non. Ah, ça me fait penser. Faith m'a dit que tu lui devais cinq balles, dis-je en me rappelant notre conversation.

Diego rit.

— Ah oui, c'est vrai. Elle m'avait appelé parce qu'elle voulait de tes nouvelles et on a parié sur un match. Je te donnerai dix balles si tu remportes ce pari.

Ce fut le cas. Diego me donna cinq dollars, ainsi que les cinq autres qu'il devait à Faith. Bien sûr, je lui offris un café le lendemain matin lorsque Cammi refusa de me faire payer le mien, si bien que je ne gardai pas mon argent bien longtemps.

Je payai mon café avec un baiser qui lui fit piquer un fard alors que Diego riait, après quoi nous nous mîmes en route pour le travail.

Chapitre Vingt-Deux

CAMMI

— La banque a approuvé, dit Shirley-de-la-banque, comme j'aimais à l'appeler.

— Sérieux ? m'exclamai-je.

Susie, qui était assise à côté de moi en face de Shirley, sourit d'un air triomphant.

– Yes ! Je savais que ça passerait.

Shirley rit en nous regardant tour à tour.

— Et t'avais raison. Maintenant, allez fêter ça.

— Attends, c'est tout ? demandai-je, interloquée.

— Pour l'instant. La vente est prévue vendredi prochain, m'informa-t-elle.

Je fus presque tentée de fondre en larmes mais je me retins, gênée de pleurer devant Shirley. Je ne me laissai aller que quelques minutes plus tard, lorsque Susie m'enlaça dans le parking.

— On devrait aller déjeuner chez eux pour fêter ça. Les proprios sont super contents. Ils voulaient vendre à quelqu'un du coin. Tu vas devenir ton propre compétiteur, ma belle.

Je reculai et Susie sortit un paquet de mouchoirs de son sac. J'en pris un et me tapotai les yeux avant de me moucher. Ses yeux marron brillaient alors qu'elle me regardait faire, un sourire aux lèvres.

— Il va falloir que je réfléchisse à ce que je veux faire du café, maintenant. Je n'arrive pas à y croire.

Susie avait toujours été une amie un peu autoritaire et elle mit ses paroles à exécution en me faisant monter en voiture pour m'emmener au *Misty Mountain Café* quelques minutes plus tard. Les propriétaires étaient absents, mais les employés qui savaient que j'allais reprendre le café étaient ravis. Nous nous installâmes à une table dans un coin et je commandai mon sandwich préféré ; dinde sauce pesto et gouda.

— Je pense que je vais garder le menu jusqu'à ce que je décide ce que je veux servir. Je suis un peu en panique, dis-je en me tournant vers Susie.

Elle glissa ses boucles brunes derrière son oreille en acquiesçant.

— Tout ira bien. Je m'occupe de leurs comptes alors tu peux me faire confiance. Pour l'instant, régale-toi et respire. Ah, et parle-moi donc un peu d'Elias.

Mes joues s'embrasèrent avant même que je ne puisse réfléchir à une réponse. Susie éclata de rire.

— Je le savais !

— Tu savais quoi ?

— Qu'il y avait quelque chose entre vous.

J'inspirai tranquillement en priant pour ne plus rougir.

— Bon, d'accord. Il se passe un truc.

Nos sandwichs arrivèrent et nous nous tûmes pour manger. Susie ne me laissa manger que quelques bouchées avant de revenir à l'attaque :

— Allez, accouche.

— Bon, d'accord. Je ne sais pas quoi faire.

— Raconte-moi tout depuis le début. Je sais que

vous êtes allés à la collecte de fonds ensemble, mais qu'est-ce qui s'est passé d'autre ?

— Je ne vais pas te donner tous les détails, mais disons qu'il est doué de ses mains.

Une lueur apparut au fond des yeux de Susie.

— Bah bien sûr. Doué de ses mains et très beau, en plus.

Son regard se fit sérieux lorsqu'elle remarqua l'inquiétude qui faisait rage en moi. Je n'avais jamais été douée pour cacher mes émotions.

— Qu'est-ce qu'il y a ? s'enquit-elle.

Je fondis presque en larmes à cette question et je mordis dans mon sandwich pour mettre de l'ordre dans mes idées. Susie me laissa faire. Elle avait beau être curieuse, elle m'aimait trop pour me bousculer.

Après un moment, j'expliquai :

— J'en sais rien. Je n'ai jamais été très douée pour ne pas m'attacher. C'est pour ça que ça m'a tellement secouée quand Joël m'a menti et que j'ai découvert qu'il était marié. J'aime beaucoup Elias mais je ne sais pas ce qu'il a en tête, ni quoi faire.

— Ben, on sait qu'Elias ne te ment pas sur son identité, au moins. Tout le monde sait qui il est. Il travaille pour Flynn depuis quoi, cinq ans maintenant ?

— Plus ou moins.

Il était temps de vraiment passer à table ; de lui avouer combien je me sentais en décalage avec les autres.

— C'est dur. Parce que j'ai envie de trouver quelqu'un. J'ai envie d'avoir des gosses avant qu'il soit trop tard. C'est juste que je ne sais pas si je suis capable de faire assez confiance à quelqu'un ou à moi-même pour ça. Pourquoi est-ce que quelqu'un voudrait de moi après ce qui s'est passé ?

Susie me lança un regard peiné.

— Oh, ma belle.

Elle posa sa main sur la mienne et elle la serra doucement.

— Ce n'était pas ta faute. Tu ne savais pas que Joël était marié. Il ne t'a même pas donné son vrai nom. Et tu n'as que trente-deux ans. T'as encore le temps d'avoir des enfants.

Mes yeux piquaient de nouveau, et elle me serrait la main un peu trop fort. Elle était maman ours comme ça. Je lui lançai un sourire tremblant et j'essuyai mes larmes de ma main libre.

— Tu me fais mal à la main.

Elle haussa les sourcils.

— Oh, pardon ! dit-elle en me lâchant.

— Je sais que tu as raison mais ça me paraît tellement impossible. J'aime bien Elias et je sais qu'il ne ment pas sur qui il est, mais je ne sais pas s'il veut ce que moi je veux. Qui sait, il n'a peut-être pas envie d'avoir d'enfants. Mais moi si. C'est non négociable pour moi.

Susie se tut pour manger une bouchée de son sandwich, ce qui voulait déjà en dire beaucoup en soi. Elle avait besoin de temps pour réfléchir à sa réponse. Elle qui avait toujours quelque chose à dire, d'habitude.

Nous mangeâmes en silence pendant un moment encore avant qu'elle réponde :

— Écoute, j'ignore si Elias veut des enfants, mais tu n'en sauras rien non plus tant que tu n'essaieras pas. Et il vaut mieux que tu saches ce que tu veux dès le départ plutôt que de t'en rendre compte après des mois, voire des années de relation. Et puis, tu sais, certains jours je ne veux même pas de mes enfants moi-même. Je pourrais les donner à la première venue quand ils sont en plein caprice, dit-elle en levant les yeux au ciel.

Je ne pus m'empêcher de rire.

— Je comprends. Rah, c'est vraiment une sacrée prise de tête, l'amour.

— J'imagine que voir tes amies mariées avec des enfants ne doit pas faciliter les choses non plus, hein ? devina-t-elle d'une voix douce.

La douceur n'était pourtant pas son approche habituelle. Cela ne fit qu'ajouter à mon impression de fragilité.

— Je suis très heureuse pour vous toutes. Vraiment. Mais ouais, j'ai l'impression de détoner un peu parfois.

— Je veux que tu me fasses une faveur, dit Susie.

— Bien sûr, répondis-je sans y réfléchir.

Si une amie me demandait une faveur, j'étais prête à lui tendre la main sans hésiter.

— Parle de tout ça avec Elias.

J'écarquillai les yeux et manquai de m'étouffer sur mon sandwich. Je bus une gorgée d'eau et je répondis :

— Non mais t'es dingue ? Je crois qu'il est un peu tôt pour parler d'enfants.

— Ah oui, tu penses ? Mais s'il ne veut pas d'enfants, autant que tu le saches maintenant, non ? Et il faut vraiment que tu arrêtes de croire que les gens te voient d'un mauvais œil sous prétexte que tu as été manipulée par un connard fini. Tiens, profites-en pour lui parler de ça aussi.

— C'est déjà fait.

— Ah ben tant mieux. Ça va aller, tu verras.

Je souris à Susie, ma cheerleader personnelle.

———

Je retournai au café après le déjeuner, soulagée d'avoir un peu de monde aujourd'hui. J'avais pas mal de choses en tête après avoir appris que mon prêt pour l'achat du *Misty Mountain Café* avait été approuvé et ma discussion avec Susie au sujet d'Elias.

J'étais en plein rush du milieu d'après-midi lorsque je levai la tête pour voir Fran, la femme de Joël, approcher. Merde. J'étais seule au camion étant donné qu'Amy avait rendez-vous chez le médecin cet après-midi. Elle ne reviendrait pas avant une bonne heure, et c'était bien ma chance que la femme de Joël se pointe maintenant.

Mon seul réconfort dans tout ça était qu'il n'y avait personne dans la file derrière elle. Je forçai un sourire.

— Bonjour. Qu'est-ce que je vous sers ?

J'avais prononcé ces mots si souvent que je parvins à les dire de façon automatique, sans avoir à y réfléchir. J'avais la nausée et la respiration tremblante.

Fran resta silencieuse pendant un long moment, et je remarquai la façon dont elle s'agrippait à son sac à main.

Je me sentis désolée qu'elle soit nerveuse, d'autant qu'elle n'avait rien à craindre de moi. J'espérais seulement que cela voulait dire qu'elle n'était pas venue pour me passer un savon.

— Je suis venue m'excuser, dit-elle enfin d'un air tendu.

— Pas besoin de vous excuser. C'est moi qui devrais vous demander pardon. J'ignorais que Joël était marié. J'ai été horrifiée en le découvrant. Je le suis toujours, répondis-je, honnête.

Elle hocha la tête lentement en déglutissant.

— J'ai fini par comprendre qu'il m'a menti lorsqu'il m'a dit que vous saviez qu'il était marié. C'est moi qui ai crevé votre pneu ce soir-là. J'ai un peu perdu les pédales.

— Oh, ce n'est rien. Je ne peux qu'imaginer ce que vous avez dû ressentir.

Je me tus, me demandant s'il fallait que je lui dise que j'avais vu Joël avec une autre femme lors de la collecte de fonds. Je décidai enfin de le lui dire. Autant se serrer les coudes, aussi bizarre que ce soit.

— Écoutez, je sais que la situation est un peu étrange, mais je crois que vous devriez savoir que je l'ai vu avec une autre femme à la collecte de fonds qui a eu lieu récemment. Je ne vous le dis pas pour vous blesser, je crois juste que vous méritez de savoir la vérité.

Un sourire amer traversa ses lèvres.

— Je sais. Enfin, je ne savais pas que vous les aviez vus mais je savais qu'il avait une autre liaison. Je lui ai passé un savon quand une amie commune m'a dit qu'il m'avait menti en me disant que vous étiez au courant pour moi. C'est un vrai connard.

Mon cœur se brisait pour cette femme. J'avais oublié Joël depuis longtemps mais tout ça me faisait encore de la peine, parce que je ne savais plus comment faire confiance aux autres, ou à moi-même. Je n'imaginais même pas ce qu'elle devait ressentir, étant donné qu'elle était mariée avec lui et qu'ils avaient des enfants ensemble.

— Je suis *vraiment* désolée, dis-je, sincère. C'est horrible. Je n'imagine pas ce que vous devez ressentir.

Elle prit une grande inspiration avant de pousser un long soupir.

— En fait, je gère bien mieux que la première fois. Vous n'étiez pas sa première liaison mais c'était la première fois que je le découvrais. Je me suis sentie si bête. Et tellement en colère que j'ai décidé de passer mes nerfs sur vous. C'est un vrai bordel avec les enfants. Quoi qu'il puisse se passer, il faudra que je m'accommode de sa présence pour eux. Quand j'ai découvert qu'il me trompait de nouveau, je me suis dit : « bon, ça y est, c'est terminé ». Et pour être honnête, ça m'a soulagée. Je crois que j'ai toujours su qu'il fallait qu'on se sépare, mais que je n'arrivais pas à m'y résoudre. Je ne sais pas si ça a du sens.

— Oui. Je ne vois pas trop quoi faire pour aider, mais si vous avez besoin de quoi que ce soit surtout, n'hésitez pas.

Fran sourit à ces mots.

— C'est très gentil. Vous avez l'air d'être quelqu'un de bien. Je vais demander le divorce et aller me réinstaller chez mes parents du côté de Washington. Je crois que les enfants et moi avons bien besoin d'un nouveau départ. D'autant que je vais récupérer son entreprise dans le divorce. C'était la couverture dont il se servait pour aller batifoler avec je ne sais qui.

— Tant mieux pour vous, dis-je en acquiesçant. Je peux vous servir un café ? Je vous promets qu'il est bon.

— Avec grand plaisir. Vous avez tellement de clients que vous ne vous souvenez sûrement pas de moi mais je suis déjà venue. C'est mon café préféré de Diamond Creek.

— C'est vrai ? C'est super. Je vous l'offre, aujourd'hui. Dites-moi ce qui vous ferait plaisir.

Fran passa commande et je la servis, après quoi nous discutâmes un moment encore. Puis d'autres clients arrivèrent, et elle s'en alla. Bien qu'elle ne pouvait pas arranger tout ce qui s'était passé, je me sentais profondément soulagée après notre conversation.

L'après-midi passa tranquillement et mon téléphone vibra pour me signaler un message juste après qu'Amy fut revenue de son rendez-vous chez le médecin.

Susie : *On va à un cours de yoga avec Tess pour fêter ta nouvelle entreprise.*

Un cours de yoga me disait bien, mais ce choix me paraissait étrange pour fêter une bonne nouvelle.

Moi : *Un cours de yoga ?*

Susie : *Oui, au nouveau studio. Tess dit que les cours sont super et que l'endroit est méga relaxant. On peut aller au cours et après aller manger une bonne pizza avec une bière chez DC Brewery.*

Moi : *Yoga, pizza et bière. Que demander de plus ?*

Un petit rire traversa mes lèvres alors que j'appuyais sur « envoyer ».

Chapitre Vingt-Trois

ELIAS

J'inclinai l'avion dans le ciel en direction de Diamond Creek. On apercevait tout juste la petite ville de l'autre côté de la baie. Le port s'étendait à mes pieds, les bateaux des pêcheurs y rentrant tranquillement après avoir passé la journée au large. En face, sur les collines, on pouvait distinguer les routes sinueuses qui gravissaient les montagnes.

Une petite bourrasque de vent fit trembler l'avion et je redressai la barre. C'était si bon, de voler de nouveau. Je secouai la cheville doucement, soulagé de ne plus ressentir la moindre douleur. Le chirurgien m'avait dit que je risquais d'avoir un peu de mal à la tourner mais qu'autrement, elle fonctionnait parfaitement. J'étais profondément soulagé que ce soit ma cheville gauche qui ait pris, et non la droite.

Je descendis lentement et repérai un lion de mer qui nageait près de l'entrée du port. Je le montrai à mes passagers. Les lions de mer étaient des créatures imposantes qu'on voyait sans trop de mal depuis les airs. Je souris alors que les touristes s'extasiaient derrière moi. Presque comme s'il voulait frimer, un aigle posté sur un panneau s'envola alors que nous nous posions à l'aéroport, offrant un dernier spectacle à mes passagers.

La nature pouvait être si belle, en Alaska. Une fois mes passagers descendus, je garai mon avion dans son hangar pour la nuit.

J'étais en train de terminer les vérifications lorsque Flynn vint me rejoindre.

— Comment ça s'est passé ?

— Bien. C'était facile et les clients étaient contents. On ne pouvait pas espérer mieux.

— Tant mieux. Ça te dit d'aller à un cours de yoga avec moi ?

— Pardon, un cours de yoga ?

Flynn se pinça les lèvres, l'air un peu gêné.

— Daphné veut que je l'accompagne.

Diego, qui venait d'entrer, éclata de rire.

— Daphné veut t'emmener à un cours de yoga ?

— Rah putain les mecs, venez avec moi, vous voulez bien ? On pourrait manger à la brasserie en sortant.

— Ouais parce que boire une bière après un cours de yoga est tout à fait logique, dis-je d'une voix sèche.

Diego nous regarda tour à tour, un petit sourire aux lèvres.

— Moi ça me tente.

— Il faut s'habiller comment ? marmonnai-je.

Je savais déjà qu'il était peine perdue de lutter.

Diego rit alors que Flynn, qui avait de toute évidence tout prévu depuis le départ, dit :

— J'ai demandé à Cat de laver des shorts et T-shirts pour vous.

Diego croisa mon regard, un sourire aux lèvres.

— On n'a pas le choix. Tu le sais, j'imagine ?

Je poussai un long soupir.

— Bon, je viens.

Je ne me sentais pas vraiment forcé mais ça me faisait marrer, de taquiner Flynn.

— Je tiens juste à te faire remarquer que tu ne serais jamais allé à un cours de yoga avant de rencontrer Daphné, commenta Diego.

Flynn me lança un autre sourire gêné.

— Je sais. Elle aime bien la prof et elle m'a juré qu'il y aurait d'autres mecs.

— Pourquoi est-ce qu'il faut qu'on vienne avec toi, dans ce cas ? demandai-je alors que nous nous mettions en marche.

Nous fîmes la fermeture des bureaux et du hangar, après quoi nous sortîmes dans le parking.

— Parce que j'ai besoin de soutien, soupira Flynn.

———

— Levez les bras et inspirez, dit la prof de yoga de sa voix apaisante. Inspirez avec le ventre puis expirez lentement en vous penchant vers l'avant. Vous pouvez plier les genoux si vous sentez vos muscles se tendre.

La prof de yoga, Gemma, était effectivement très agréable. Elle était jolie avec ses boucles d'ambre qui lui tombaient sur les épaules et ses profonds yeux bruns. Diego avait du mal à la lâcher du regard.

Alors que de mon côté, je peinais à ne pas fixer Cammi, qui était là elle aussi, avec ses amies Susie et Tess. J'étais si accaparé par elle que je faisais à peine attention au cours.

Nous étions arrivés un peu en retard et Flynn avait lancé un regard désolé à Daphné alors que nous nous installions au fond de la classe presque pleine.

Nous enchaînâmes quelques postures, durant

lesquelles je découvris que ma cheville était encore peu flexible. Bien que distrait par Cammi, le cours me plut, ce qui me surprit. Lorsqu'il fut terminé, j'entendis Cammi discuter du menu de son nouveau café avec Daphné, dans le parking. Cela me donna une excuse pour m'arrêter parler avec le reste du groupe.

— On a prévu de sortir dîner, vous venez avec nous ? demanda Susie.

— C'était déjà prévu, répondit Daphné. C'était le seul moyen de persuader Flynn et les garçons de venir au cours. Ça vous a plu ?

Elle se tourna vers Flynn, Diego et moi, et nous acquiesçâmes en réponse, obéissants. Daphné plissa aussitôt les yeux.

— Vous êtes sincères au moins, hein ?

Flynn glissa le bras autour de sa taille avant de déposer un baiser sur sa joue.

— Bien sûr, mon cœur. J'ai beaucoup aimé.

— Et je te jure que moi aussi, offris-je. Je ne m'étais pas rendu compte que mon dos était aussi tendu. J'espère que je ne vais pas avoir tout un tas de courbatures avec ces étirements.

Gemma sortit du bâtiment à ce moment et entendit mon commentaire. Elle nous sourit en verrouillant la porte.

— Ça arrive les courbatures, au début. N'hésitez pas à revenir. Les quatre premiers cours sont gratuits, donc je vous promets que je ne cherche pas à me faire de l'argent sur votre dos.

Elle vint nous rejoindre et je ne manquai pas de remarquer l'intensité du regard que Diego posa sur elle. Je crus presque sentir des étincelles s'élever dans les airs lorsque leurs regards se croisèrent. Je souris.

— Merci à tous d'être venus, ajouta-t-elle.

Tess lui lança un clin d'œil.

— Je vous avais dit qu'on vous trouverait d'autres élèves.

— On reviendra, intervint Susie.

— Oh que oui, renchérit Daphné.

— Vous vivez à Diamond Creek depuis longtemps ? demanda Cammi.

Les nouveaux visages ne passaient pas inaperçus dans les petites villes.

Gemma sourit.

— Tout juste un mois. J'espère revoir certains d'entre vous au cours de la semaine prochaine.

Je brûlais d'envie de demander à Cammi de monter en voiture avec moi. Lorsque Susie dit qu'elle n'avait pas de place dans sa voiture à cause des affaires des enfants et du fait que Tess devait monter avec elle, je fus tenté de l'embrasser. Susie était une sacrée curieuse, et elle n'hésitait pas à intervenir dans la vie des autres. Pour le coup, je devais avouer que c'était loin de me déranger.

— Tu peux monter avec moi, proposai-je à Cammi.

Elle se tourna vers moi et je sentis un éclair d'électricité me traverser lorsque nos regards se trouvèrent. Quelques minutes plus tard, nous étions dans mon pick-up. Je regrettai bientôt que nous ayons baptisé ma voiture de la sorte. Parce que tout ce à quoi je pouvais penser, c'était de trouver un lieu tranquille pour pouvoir la prendre de nouveau.

Il allait falloir que je me contente de bien moins que ça.

Aussi, un sourire aux lèvres, je lui dis :

— Ça me fait du bien de t'avoir près de moi.

Ces mots avaient à peine quitté mes lèvres que j'en réalisai les implications potentielles. Le plus dingue dans tout ça était que ça ne me faisait pas peur. Même si je ne manquai pas de remarquer la façon dont

Cammi se tendit à côté de moi. Le moment me paraissait plutôt mal choisi pour lui demander ce qui la préoccupait, sachant que nous étions sur le point de retrouver nos amis. Aussi, je me contentai de poser la main sur sa cuisse, incapable de rester loin d'elle.

Chapitre Vingt-Quatre

CAMMI

C'était la deuxième fois en l'espace de quelques semaines que j'assistais à un événement social avec Elias et qu'il se comportait comme si nous étions *vraiment* en couple. Je savais qu'il fallait que je lui demande où on en était, tous les deux. Parce que j'étais en train de tomber amoureuse de lui. Comment faire autrement quand c'était l'homme le plus ensorcelant qu'il m'avait jamais été donné de rencontrer ?! Il était le genre d'homme à faire craquer toutes les nanas qu'il croisait.

Je tentai d'ignorer l'air satisfait de Susie. Tess me donna même un petit coup de coude à un moment donné. Tess était plus du genre protecteur, tout comme Susie d'ailleurs, mais cette dernière brillait surtout dans l'art de fourrer son nez dans les affaires des autres.

— Je crois que t'as raison de ne pas vouloir changer le menu, me dit Daphné, assise à côté de moi. Prends le temps de t'installer tranquillement et après, appelle-moi. On y réfléchira ensemble.

Je me tournai vers elle.

— Daphné, t'es un vrai chef. Je n'ai pas d'argent pour te payer, là. Et je ne sais pas du tout si j'ai envie de partir sur des plats hyper complexes non plus.

Daphné me scruta en silence, le regard doux.

— On est amies, Cammi. Je peux bien te donner un coup de main. Et puis tu sais, il n'y a rien de meilleur que de bons petits plats bien préparés. J'adore le *Misty Mountain Café*, même si ton café est meilleur, mais leur menu est plutôt simpliste. Je crois que ce serait bien que tu revoies les plats pour qu'ils soient à la hauteur de ton café.

— Oui ! intervint Susie à l'autre bout de la table.

— Si la nourriture y est aussi bonne que ton café, j'y serai tous les matins. Et je n'aurai pas à me sentir coupable de ne pas boire mon café chez toi en plus, comme ça, intervint Diego.

Mon cœur se gonfla de fierté. J'avais encore beaucoup à faire du point de vue du menu, mais j'étais optimiste. Quoi qu'il arrive, j'avais déjà des clients fidèles.

La conversation se poursuivit et je savourai la sensation du bras d'Elias sur mes épaules. De temps en temps, il me caressait la peau à l'aide de son pouce, et j'avais l'impression de m'embraser sous son toucher. Ma culotte était déjà trempée.

Flynn venait de demander l'addition lorsque je sentis Elias se tendre. Il était si musclé qu'il était difficile de ne pas le remarquer. Je me tournai vers lui et suivis son regard pour voir une femme approcher de notre table. Je vis Diego lancer un coup d'œil rapide à Elias, avant que son regard dur se pose sur elle.

Il était évident qu'elle était belle, même à l'autre bout de la pièce. Elle avait de longs cheveux blonds. C'était le genre de femme qui me donnait l'impression d'être une moins que rien. J'étais toujours si pressée que je me contentais généralement de m'attacher les cheveux et de mettre une pointe de gloss lorsque je sortais, et c'était quand j'étais au max de mes efforts. Cette femme-là était bien arrangée, vêtue d'un jean et d'un chemisier qu'elle devait avoir repassé. Elle portait même des escarpins élégants qui tintaient sur le parquet.

Elle s'arrêta à côté de notre table et regarda Elias un moment avant de se tourner vers Flynn et Diego.

— Salut, dit-elle simplement.

Elias bougea à peine. Son bras était presque aussi dur que du bois sur mes épaules à présent. La voix tendue mais contrôlée, il dit :

— Bonjour, Sandra.

Diego et Flynn ne répondirent pas, eux.

— J'espérais pouvoir te parler, ajouta-t-elle.

— Je n'ai rien à te dire.

— Elias, je t'en...

— Qu'est-ce que tu pourrais bien avoir à lui dire après cinq ans ? intervint Flynn.

Ceux d'entre nous qui n'avaient pas la moindre idée de ce qui se passait ne firent pas un bruit mais ouvrirent grand les oreilles.

— Pardon Flynn, mais ça ne te regarde pas vraiment, répondit-elle.

Ce fut Diego qui intervint alors, Diego qui était normalement toujours si drôle et si gentil, mais qui en ce moment ne se ressemblait plus du tout.

— Bien sûr que si, que ça nous regarde. T'as trahi notre pote. Avec son propre meilleur ami, en plus. C'est plutôt moche comme trahison, tu ne crois pas ? Qu'est-ce que tu voudrais lui dire après ça ?

Je devais m'admettre impressionnée qu'elle reste parfaitement impassible. Le regard dur, elle siffla :

— J'aimerais quand même parler à Elias.

Elias se pencha pour me murmurer à l'oreille :

— Je vais y aller pour éviter une scène. Ça va aller.

Il déposa un rapide baiser sur ma joue avant de se lever et je le regardai partir, le ventre noué.

Chapitre Vingt-Cinq

ELIAS

— Qu'est-ce que tu veux au juste, Sandra ? demandai-je.

Sandra avait tenté de me persuader de monter avec elle lorsque nous étions sortis de la brasserie mais j'avais refusé. Elle m'avait donc suivi jusqu'au *Sally's*, un autre bar de Diamond Creek. Je ne l'y avais pas emmenée par envie d'être dans un bar, mais plutôt pour éviter de me retrouver seul avec elle. Cammi avait eu l'air de paniquer plus tôt et je devais admettre que c'était un peu mon cas aussi. Sauf que pour l'instant, je n'avais pas d'autre choix que d'affronter la situation.

Le *Sally's* était bondé. Comme la brasserie, c'était un endroit que les locaux adoraient fréquenter. Une vieille grange avec une scène pour les petits groupes, un bar d'un côté et un restaurant de l'autre. Nous prîmes place à une table près de la porte. J'avais bien l'intention de me tirer de là dès que j'aurais découvert ce que Sandra foutait ici. L'Alaska, ce n'était pas franchement la porte à côté. Aux dernières nouvelles, elle était encore dans l'Air Force et stationnée en Californie.

Je la regardai assise de l'autre côté de la table et ne ressentis rien. Sandra avait une beauté élégante. Elle était élancée, avec des cheveux d'un blond lumineux. Elle avait les yeux en amande et des traits fins. Je me demandais ce que j'avais bien pu voir en elle, à l'époque. Parce que même si elle était belle, je ne ressentais décidément rien en la regardant.

On dit que les gens changent et j'imaginais que je devais avoir beaucoup changé depuis l'époque où nous nous étions fréquentés.

Elle avait l'air tendue. Sa mâchoire était serrée alors qu'elle me regardait.

— Comment ça va, Elias ?

— Très bien. Allons droit au but si tu veux bien, Sandra. Je sais que tu n'es pas venue pour des retrouvailles larmoyantes. Alors, qu'est-ce que tu veux ?

— Bordel, Elias. Tu m'en veux encore ? répliqua-t-elle.

La pointe d'amertume que je perçus dans son ton me surprit.

C'était elle qui m'avait planté un couteau dans le dos, après tout. Je poussai un long soupir en la scrutant.

— Non, répondis-je enfin. Je ne suis plus en colère. J'espère que tout va bien pour toi mais je n'ai pas envie de faire ami-ami avec toi.

J'étais furieux que Sandra se soit pointée là comme une fleur, d'autant que je savais que cela risquait de faire peur à Cammi. Elle avait beaucoup de mal à faire confiance et je la comprenais, après ce qu'elle avait vécu. J'ignorais pourquoi je m'inquiétais autant pour elle, mais je décidai d'y songer une autre fois. Après avoir longtemps ignoré mon attirance pour Cammi, j'avais fini par y plonger avec un tel abandon que je m'étais un peu perdu en cours de route. Même s'il me paraissait évident que ce qui se passait entre nous dépassait le simple désir physique.

Sandra déglutit avant de boire une gorgée d'eau.

— Compris. J'ai une faveur à te demander.

Mon ventre se noua sous le coup de l'angoisse.

— Euh, d'accord. C'est quoi ?

— J'ai un fils. Il, euh...

Une vague de nausée me submergea alors qu'elle buvait une autre gorgée d'eau.

— Tu me dis ça maintenant ? Je te jure que ça va mal se mettre si tu m'as fait un gamin et que tu ne viens me le dire que maintenant, lui sifflai-je.

— Ce n'est pas le tien. Je te jure. C'est celui de Greg.

J'acquiesçai lentement.

— Donc c'est son fils. Je ne vois toujours pas pourquoi t'es venue me voir.

La trahison était une chose bien étrange. Elle pouvait faire tant de ravages. Je ne regrettais pas de ne pas avoir eu d'enfants avec Sandra, mais je ne pouvais m'empêcher de me demander si l'homme que j'avais un jour considéré comme un ami savait qu'il allait devenir père à sa mort. C'était un autre secret qu'il nous avait caché, à moi ainsi qu'au reste de nos amis.

Sandra poussa un soupir tremblant, sans se douter un instant de mes trépidations.

— Je ne sais pas si tu te souviens des quelques mois qui ont précédé la mort de Greg mais on ne s'est pas vus, toi et moi, comme on avait été déployés dans deux endroits différents.

Sa voix se brisa et je me sentis satisfait de constater qu'elle se sentait au moins un peu coupable. Apparemment, elle n'avait pas trouvé la motivation de venir me voir à l'époque, mais Greg et elle avaient réussi à se libérer du temps pour se voir. Sachant qu'il avait été déployé avec moi, je devais avouer que c'était légèrement blessant. J'avais tourné la page sur Sandra mais ça me faisait encore de la peine, d'avoir été trahi par un ami proche. La loyauté était importante à mes yeux.

— Je me souviens, oui.

— Donc tu dois savoir que c'est mathématiquement impossible. Tu ne peux pas être le père. Je l'ai toujours su, dit-elle enfin.

— Les maths peuvent être super utiles parfois dis donc, répondis-je. Alors, pourquoi t'es là, Sandra ? Accouche, tu veux ?

— Parce que la famille de Greg nie sa paternité. Il savait que j'étais enceinte.

Elle se tut un instant, son regard trouvant le mien. J'ignorais ce qu'elle y voyait.

— Je sais que ça n'a plus d'importance aujourd'hui, mais j'avais l'intention de te parler de ce qui se passait entre Greg et moi. Je voulais juste te le dire en face. Je me suis dit que tu méritais bien ça.

Je fus soulagé de constater que ses mots n'évoquaient aucune colère en moi. Je n'avais plus aucune raison d'être en colère. Je haussai les épaules.

— C'est rien. On ne peut pas changer ce qui s'est passé. Je te suis reconnaissant d'avoir voulu me le dire.

— Elias, je...

Je secouai la tête. Je n'avais aucune envie de poursuivre cette conversation.

— Dis-moi juste ce que tu fais ici.

Elle poussa un soupir tremblant avant de poursuivre :

— Comme je te l'ai dit, Greg savait que j'attendais un enfant. Je le lui ai dit dès que je l'ai découvert. Je ne veux pas faire de problèmes, mais je n'ai pas beaucoup d'argent et notre fils a droit à une pension de survivant. La famille de Greg ne veut pas que je la touche donc ils me font un procès. Comme il n'est plus là et que je n'ai jamais été en couple avec lui officiellement, que nous n'étions pas mariés ou rien, je n'ai pas d'échantillon génétique pour prouver que mon fils est celui de Greg. Mon avocat m'a recommandé d'en discuter avec toi pour prouver que tu n'es pas son père. Ils disent que c'est ton fils.

Sa voix tremblait et je ne pus m'empêcher de me sentir désolé pour elle. Elle avait l'air d'être au fond du trou. J'avais beau ne pas être un grand fan de mon ancien ami et de ce qu'ils m'avaient fait, tous les deux, la démarche de sa famille était ridicule.

— Je vais faire un test de paternité. J'ose espérer que tu es déjà sûre du résultat.

— Certaine, répondit-elle. Il est né le sept avril et il vient d'avoir cinq ans.

J'étais doué en maths. Moins avec les dates, mais je n'oublierais jamais celle de la mort de mon ancien meilleur ami. Son fils était né quatre mois et une semaine après sa mort. Sandra avait raison. Nous n'avions plus couché ensemble depuis plus de cinq mois à ce moment-là.

Le fait de revoir Sandra me permit de me rendre compte que j'avais vraiment tourné la page sur elle. Pourtant, la peine de la trahison de mon ami était encore bien vive. Il n'était pas rare que les couples soient séparés pendant de longues périodes lorsqu'on était dans l'armée. Cette impression que j'avais d'avoir été trahi était liée à lui, pas à elle. Malheureusement, elle n'était même pas au courant que je n'étais pas le seul ami que Greg avait trahi, mais ce n'était pas à moi de lui raconter cette histoire.

— J'imagine qu'on peut faire ça dans le coin, ajoutai-je.

Elle poussa un grand soupir de soulagement.

— Oh merci, Elias.

— Pas de problème. Si Greg était le père, sa mémoire ne devrait pas être bafouée.

— Je me suis renseignée. On peut faire le test à l'hôpital. Comme on est en Alaska, on n'aura pas les résultats avant un moment. Apparemment, les analyses sont faites à Anchorage et il faut compter cinq jours. Je séjourne à l'hôtel du coin. On pourrait y aller demain si ça te va.

— Je vais m'arranger. Je préfère faire ça le matin, j'ai un vol l'après-midi.

— Bien sûr, pas de problème. Le labo m'a dit qu'on pouvait passer quand on voulait.

— Ça marche. Maintenant si ça ne te dérange pas, il faut que j'y aille.

Je me levai et elle m'imita.

— Je vais y aller aussi, dit-elle.

Nous sortîmes dans le parking et elle leva le nez vers le ciel.

— C'est magnifique, ici.

— C'est vrai, répondis-je simplement.

La lune était en train de se lever sur les montagnes au loin, effaçant les derniers rayons du soleil qui s'attardaient encore dans le ciel. La nuit qui approchait teignait le ciel de nuances de violet et de lavande, qui chassaient peu à peu les restes de roses et d'orange.

— Elias, je tiens encore à te dire que je suis vraiment désolée. Je ne peux pas dire que je n'aurais jamais dû être avec Greg mais j'ai eu tort de faire les choses comme ça. Je n'imagine même pas ce que tu as dû ressentir. C'était ton ami, après tout. Et même si je sais que ça ne change rien, il se sentait très coupable, lui aussi.

— Je sais. Les choses sont ce qu'elles sont. Je suis content que tu sois venue me demander ça. Je déteste que les gens cherchent à profiter des plus faibles. Quoi qu'il ait pu se passer entre Greg et moi, je sais qu'il aurait voulu qu'on prenne soin de son fils.

Si je n'aurais jamais imaginé mon ami me faire une chose pareille, j'étais au moins sûr de ça.

— Ça va, toi ? demandai-je.

J'espérais sincèrement que c'était le cas.

Sandra acquiesça.

— Oui, ça va. Je te préviendrai quand on aura les résultats.

— Comme tu l'as dit, il est mathématiquement impossible que je sois le père alors ça ne m'inquiète pas. Prends juste soin de toi, d'accord ?

Elle posa la main sur mon bras qu'elle serra doucement.

— Toi aussi. Allez, va retrouver ta belle. Elle doit être chamboulée de m'avoir vue me pointer comme ça. Si t'as besoin que je lui explique quoi que ce soit, surtout n'hésite pas.

— Merci. Bonne nuit, Sandra.

Je la saluai d'un geste de la main avant de retourner à mon pick-up. Je mis le contact et me mis en route pour la maison de Cammi. Il fallait qu'on parle.

Malheureusement, je vis qu'elle était absente lorsque je passai, et elle ne répondait à aucun de mes appels ou messages.

Chapitre Vingt-Six

CAMMI

— Rah, marmonnai-je.

Je restai allongée dans mon lit sans bouger. Je ne voulais pas risquer d'aggraver ma migraine en faisant le moindre mouvement. Je priais, un peu bêtement, pour que mon réveil se trompe. C'était peut-être le cas. Même si je savais cela peu probable étant donné que je me réveillais tous les jours à la même heure depuis que j'avais ouvert mon café.

J'ouvris un œil. Le jour commençait doucement à se lever. Un soupir aux lèvres, j'ouvris mon autre œil et me redressai prudemment pour prendre mon téléphone et vérifier l'heure.

Je ne fus pas surprise de découvrir que mon réveil ne se trompait pas. Ma migraine n'appréciait pas franchement que je bouge.

Je m'assis lentement avant de me traîner jusqu'à ma salle de bain, posant mon portable à côté de l'évier. Je pris deux aspirines avant de sauter dans la douche. L'eau chaude me rendit un semblant d'humanité.

Diego et Flynn m'avaient appris que la femme mystère avec laquelle Elias était parti au beau milieu de la soirée était son ex-petite amie. Bien sûr, ils m'avaient aussi assuré qu'il n'avait plus de sentiments pour elle et que je n'avais aucune raison de m'inquiéter. Cela ne m'avait pas franchement réconfortée. Elias et moi n'avions même pas encore mis de mot sur ce qui se passait entre nous, et voilà que son ex réapparaissait sans qu'on ne sache pourquoi.

Je détestais ne pas savoir.

D'autant que j'avais tellement de mal à faire confiance que j'avais passé la nuit à ressasser et à me faire tout un tas de films. À me dire qu'Elias m'avait caché quelque chose. Pourquoi son ex serait venue le trouver jusqu'en Alaska sinon ? Ce n'était pas franchement la porte à côté.

Lorsque les garçons étaient partis, Susie et Tess étaient restées avec moi pour me soutenir et m'offrir quelques margaritas.

Chienne de vie. Il fallait peut-être que je me contente de me concentrer sur le travail. J'avais déjà bien assez de choses en tête comme ça, après tout. Rien qu'hier après-midi, la banque m'avait appelée pour me dire que les propriétaires voulaient accélérer la vente si j'étais prête à reprendre l'affaire. Apparemment, l'état de la mère de la propriétaire avait empiré et ils voulaient aller la rejoindre le plus vite possible.

Je me sentais un peu dépassée par la vitesse avec laquelle les choses se passaient mais je pourrais au moins tenir le café sans trop de mal. La vente incluait les contrats des employés actuels, si bien que le bistrot pourrait tourner quasiment tout seul si je décidais de le reprendre maintenant. Bien sûr, j'allais avoir beaucoup de pain sur la planche, mais j'avais de toute façon bien besoin de me changer les idées.

Après ma douche, je bus un grand verre d'eau et préparai du café en espérant qu'il ferait passer ma gueule de bois. Une fois habillée, j'envoyai un message à ma conseillère bancaire pour lui faire savoir que j'étais prête à signer la vente ce week-end si les propriétaires en avaient envie. Ça me laissait trois jours. Le planning allait être serré, mais c'était sûrement pour le mieux.

Je me dépêchai de rejoindre mon food truck, ayant décidé de gérer le rush du matin avant d'aller au *Misty Mountain Café* pour une discussion avec les employés qui étaient sur le point de devenir les miens d'ici trois jours.

— Bonjour, me dit Amy lorsqu'elle arriva quelques minutes après moi.

Ma tête me faisait un mal de chien mais je m'efforçai d'ignorer la douleur en buvant une gorgée de café. Ma migraine finirait par passer.

— Bonjour, lui répondis-je. Tenez, vos cinq dollars.

Je donnai sa monnaie à la dame que je venais d'encaisser.

Amy passa son tablier rapidement et elle vint prendre la relève avec les clients pendant que je préparais les cafés. Moins j'étais obligée de parler et mieux ce serait.

Entre deux clients, Amy se pencha vers moi pour me murmurer :

— Est-ce que ça va, Cammi ?

Je lui lançai un regard noir.

— J'ai quand même pas une sale tête à ce point.

Elle leva les mains, l'air désolée.

— Non, non. T'as juste l'air... pas bien ?

Je sortis ma trousse de premiers secours du placard au-dessus de nos têtes et récupérai l'aspirine rangée à l'intérieur.

— J'ai une grosse migraine mais ça commence à aller mieux.

D'autres clients arrivèrent et nous nous remîmes au travail. J'étais plus que reconnaissante qu'Amy soit une si bonne employée. Elle n'hésitait pas à prendre le relai lorsque j'en avais besoin.

Jusqu'à ce qu'enfin, le moment que je redoutais depuis le début de la matinée arrive.

— Salut, Cammi.

Il fallait *forcément* qu'Elias passe ce matin. Je ne devrais pas en être surprise, pas vraiment. Je crois juste qu'au fond, j'espérais qu'il ne viendrait pas prendre un café ici pour une fois.

Je forçai un sourire en levant la tête.

— Salut, répondis-je.

Je fus soulagée d'avoir des cafés à préparer pour m'occuper les mains.

— Comme d'habitude pour Elias, m'informa Amy.

Mon cœur se serra dans ma poitrine. Tout à coup, je détestais savoir ce qu'Elias prenait d'habitude. Je savais comment préparer son café pour qu'il soit délicieux et qu'il revienne tous les jours. Même avant qu'on partage des étreintes renversantes.

Je travaillai en silence mais sa présence était presque impossible à ignorer. J'avais l'impression d'être attirée par lui comme un aimant. Je vibrais d'être si proche de lui.

Une fois son café prêt, je mis un couvercle sur le gobelet et le lui tendis, croisant son regard par inadvertance. Mon cœur se serra de nouveau et je souris, en dépit du fait que j'avais envie de fondre en larmes.

— Tiens.

— T'as deux minutes ?

— Pas vraiment.

Je ne mentais pas sur ce point, au moins. Amy me donnait déjà la prochaine commande. Elias me regarda en silence pendant un long moment.

— Ne t'inquiète pas pour hier soir. Ça n'avait rien à voir avec toi. Je te le promets.

Je forçai un autre sourire, tendue.

— C'est rien. Tu ne me dois aucune explication. Il faut que je me remette au travail.

Il hésita avant d'acquiescer.

— Je repasse plus tard.

Il était évident qu'Amy se demandait de quoi nous parlions, mais elle ne put m'interroger sur le sujet étant donné la foule de clients qui attendaient encore qu'on les serve. Lorsque nous arrivâmes enfin au bout de la file, elle me dit :

— J'espère que tu n'as pas rompu avec Elias.

Je me tournai vers elle brusquement, soulagée que ma migraine ait disparu et que ce geste ne me fasse pas tourner la tête.

— On n'a jamais été officiellement ensemble alors je ne peux pas franchement rompre avec lui. On a juste eu un ou deux rancards, c'est tout, marmonnai-je.

Je n'avais aucune envie d'évoquer les détails de nos étreintes enflammées avec mon employée. Il y avait des limites, quand même.

— Il t'aime beaucoup, dit-elle en posant la main sur sa hanche.

— Pas maintenant Amy, d'accord ?

L'univers était de mon côté puisqu'un autre groupe de clients vint faire diversion. Je m'éclipsai quelque temps plus tard, laissant la fermeture à Amy tandis que je prenais la route du *Misty Mountain Café*. J'hésitais encore à garder le nom. Ç'aurait été étrange de l'appeler le *Red Truck Coffee*[1] alors que ce n'était pas un camion.

---

1. Lit. « café du camion rouge »

Chapitre Vingt-Sept

CAMMI

— Mais de quoi tu parles ? demandai-je à Susie, un peu exaspérée.

— Elias était à l'hôpital hier matin. Avec la femme qui s'est pointée à la brasserie.

— Elle s'appelle Sandra, grinçai-je.

J'avais beau ne pas la connaître, l'appeler « la femme » en permanence me mettait mal à l'aise.

— Pourquoi tu me racontes ça ?

Je glissai mon portable entre mon oreille et mon épaule tout en posant une pile de torchons propres à côté de ma machine à espresso dans mon camion.

— J'ai appelé Violet, m'expliqua Susie.

Je n'y comprenais décidément rien du tout.

— Quoi ? Qu'est-ce que Violet a à voir avec ça ?

— Elle sait pourquoi Elias était là-bas. Il est passé au laboratoire d'analyses.

— Qu'est-ce qu'elle t'a dit, exactement ? demandai-je, incapable de m'en empêcher.

Susie poussa un long soupir.

— Elle a refusé de me dire quoi que ce soit ! Elle dit qu'elle est tenue de protéger la vie privée de ses patients. Elle n'a même pas voulu confirmer qu'il était bien là. Ce qui est ridicule étant donné que j'étais dans la salle d'attente en même temps que lui. Elle nous a vus tous les deux. On dirait presque qu'elle veut que je fasse genre de ne pas l'avoir vu.

Violet Hamilton travaillait au laboratoire de l'hôpital et était l'une de nos amies. Nous la connaissions tous très bien, et c'était une fille en or.

— Parce que tu voudrais qu'elle aille dire à tout le monde ce que tu faisais là et quelles analyses tu as pu faire, toi ? Réfléchis deux secondes. D'ailleurs, pourquoi t'étais là-bas ? demandai-je.

— Oh, pour pas grand-chose, dit Susie. Des analyses annuelles pour le cholestérol, tout ça. Elias n'est pas resté bien longtemps et Sandra est arrivée avant lui pour remplir des papiers. Elle était partie avant même qu'il arrive si tu te posais la question.

C'était effectivement le cas, mais il était hors de question que je le lui avoue.

— Ça ne m'aide pas franchement, commentai-je.

— Oh, pardon, dit Susie. Tout ce que je veux dire, c'est qu'ils ne sont pas venus ensemble. Il avait l'air un peu de mauvais poil, et il m'a demandé de te dire qu'il voulait te parler. Apparemment, tu ignores ses appels et messages.

— Oui, et alors ? marmonnai-je. J'ai une tonne de choses à faire et je crois sincèrement que c'est pour le mieux. J'ai déjà été trahie par un mec, j'ai eu ma dose. Elias et moi ne sommes même pas vraiment ensemble et je commence à croire que je ne suis pas prête pour une relation.

La frustration de Susie était palpable à l'autre bout du fil.

— Ma belle, tu pourrais...

— Je sais que t'as de bonnes intentions Susie, et je

t'adore. Mais ce n'est pas le moment pour me prendre le chou, là, maintenant. Il faut que j'y aille, je te rappelle plus tard.

Je raccrochai et me laissai tomber sur un seau en plastique retourné dans un long soupir. Des larmes me brûlaient les yeux et j'étais épuisée. Mais je savais aussi que j'avais raison. J'avais besoin de temps pour mettre de l'ordre dans mes idées. Je *parlerais* à Elias lorsque je serais prête mais je ne voulais pas précipiter les choses. Tout ça me rendait folle. J'étais déjà en train de tomber amoureuse de lui. Pourquoi diable fallait-il qu'Elias soit si charmant ? Je n'avais jamais rien connu de tel avec un autre homme.

Bien sûr, je ne pouvais m'empêcher de me demander ce qu'Elias faisait à l'hôpital, maintenant. Mon esprit conjura l'explication la plus logique : un test de paternité. Les coudes posés sur mes genoux, je scrutai l'intérieur de mon petit camion. Malgré le tumulte de mes émotions, un petit sourire fatigué traversa mes lèvres. J'adorais mon cocon. Il était à moi, et j'étais fière de ce que j'avais accompli. L'idée de tenir une toute nouvelle entreprise me flanquait une trouille bleue. Malgré tout, j'étais certaine d'être à la hauteur pour relever le défi.

Il était tôt ; plus tôt encore que l'heure à laquelle j'arrivais d'habitude. Comme moi, Susie se levait aux aurores pour travailler, si bien qu'elle savait que je serais debout pour répondre au téléphone lorsqu'elle m'avait appelée. Je me levai et j'allumai mon ordinateur pour passer quelques commandes rapides, après quoi je vérifiai si mes fournisseurs m'avaient envoyé l'état de leurs stocks. Nous étions en train de prévoir mes commandes pour les deux prochains mois afin que je puisse me lancer dans ma nouvelle aventure l'esprit tranquille.

Ma boîte de réception était vide, mais il était encore tôt.

Je n'étais pas encore prête à ouvrir, et je décidai de m'occuper en faisant le ménage. Il allait falloir que j'engage quelqu'un d'autre pour me donner un coup de main. J'ignorai encore comment les choses allaient se goupiller sur le long terme, mais j'allais devoir passer pas mal de temps au nouveau café lorsque je prendrais la relève.

J'entendis des pneus crisser sur les graviers du parking et je priai en silence pour qu'on ne me dérange pas.

J'avais vidé l'un de mes placards de rangement pour réorganiser mes fournitures, jeter ce qui était périmé et tout le reste, lorsque j'entendis quelqu'un toquer à la porte du camion.

Un soupir aux lèvres, j'essuyai mes mains sur mon tablier et allai ouvrir. Je me retrouvai nez à nez avec Elias.

Mon cœur bondit dans ma poitrine et se mit à battre la chamade. J'apercevais de petites étincelles d'ambre illuminer ses yeux chocolat dans la lumière grise du lever de soleil. Ses cheveux étaient légère-ment humides. Il portait un T-shirt bleu marine avec un jean noir usé et ses bottes en cuir de d'habitude. Rah ! Pourquoi fallait-il qu'il soit si ensorcelant ? Je déglutis.

— Coucou, dit-il simplement.

— Coucou, couinai-je.

— Je peux entrer ?

J'ouvris la bouche pour lui dire « non » mais fus prise de cours par un bruissement au-dehors. Elias se tourna pour regarder quelque chose derrière la porte. Le bruissement se fit plus rapide, se dirigeant vers les arbres qui bordaient mon parking.

Un moment plus tard, Elias se tourna vers moi de nouveau, un sourire aux lèvres.

— Ton pote est de retour.

— Mon pote ?

— Le porc-épic. Tu devrais peut-être lui donner un nom.

Je souris presque malgré moi en me rappelant comment Elias m'avait aidée à le chasser de mon camion ce soir-là, le soir où il m'avait embrassée si passionnément.

— Il va falloir que j'y réfléchisse. Allez, entre, dis-je en lui faisant signe.

L'air était frais dehors, et il faisait froid dans le camion avec la porte ouverte. Elias entra et je fermai la porte avant de rester plantée là. Il remplissait mon petit cocon de sa présence ; lui et son aura de masculinité naturelle et enivrante.

L'espace était étroit, et il s'appuya contre le petit plan de travail de l'autre côté de la fenêtre de service.

— Je te sers un café ? proposai-je.

Je terminai de ranger mes fournitures dans leur placard rapidement.

— Je n'allais pas te le demander, mais puisque tu proposes...

Je bus une gorgée de mon propre café avant de me mettre à préparer le sien. Il se tut juste assez longtemps pour que mes épaules et mon cou se détendent.

— Alors, je peux t'expliquer ce qui s'est passé l'autre soir ?

Mes muscles se tendirent de nouveau. Je pris une grande inspiration avant de répondre :

— Tu ne me dois aucune explication, Elias.

Je lançai la machine à espresso et me tournai, les bras enroulés autour de la taille, appuyée contre le comptoir. Il approcha pour poser la main sur mon coude avant de la faire remonter le long de mon avant-bras. Je décroisai les bras instinctivement. Il prit ma main dans la sienne et caressa ma paume à l'aide de son pouce tout en me fixant intensément.

— Bien sûr que si.

Je secouai la tête et fus mortifiée de sentir de nouvelles larmes me brûler les yeux. Je déglutis, ce son assourdissant dans le silence de mon camion.

— On n'avait peut-être pas prévu ce qui s'est passé, et on n'en a jamais discuté, c'est vrai, mais il y a quelque chose entre nous. Et crois-moi quand je te dis que je ne verrais *jamais*, jamais quelqu'un dans ton dos, dit-il d'une voix affirmée.

Je ravalai mes larmes en acquiesçant. La machine à espresso bipa et il me lâcha la main alors que je me tournai. Il se tut tandis que je préparais son café. Je le lui donnai avant de m'agripper au plan de travail tandis qu'il le buvait.

Un sourire traversa ses lèvres, faisant virevolter des papillons dans mon ventre.

— Il est délicieux. Comme toujours.

J'entendais l'aiguille de l'horloge pendue au-dessus de la porte tiquer alors qu'il me scrutait.

— Sandra et moi ne nous étions plus vus depuis mon départ pour l'Alaska. Il y a cinq ans, donc. J'avais découvert qu'elle me trompait avec l'un de mes amis proches, mais je n'ai appris la nouvelle que lorsque l'ami en question est mort dans un accident. Elle avait l'intention de tout me dire avant que je le découvre, mais j'avais été déployé loin d'elle.

Je plaquai la main sur ma poitrine.

— C'est horrible. Je suis vraiment désolée.

Il acquiesça avant de boire une autre gorgée de café.

— Ça a été très difficile et ça m'a beaucoup chamboulé. C'était horrible de découvrir que ma copine me trompait mais ce que lui m'a fait, ça m'a fait encore plus de mal. On était vraiment très proches. Du moins, c'est ce que je pensais. Tu connais Flynn, Diego, Tucker et Gabriel. On était tous dans l'Air Force ensemble. Greg était l'un des nôtres.

— Je suis vraiment désolée, répétai-je.

J'aurais voulu pouvoir remonter le temps et dire à Sandra combien elle avait été bête de faire du mal à un homme comme Elias.

Il soutint mon regard un instant avant de poursuivre :

— Les choses n'ont pas été faciles pour moi à la mort de Greg. Je n'étais pas dans l'accident avec lui mais je faisais partie de l'équipe de sauvetage et j'ai été blessé.

Il se tut pour boire une gorgée de café avant de fermer les yeux. Lorsqu'il les ouvrit de nouveau, il avait le regard fatigué.

— Ça n'a pas duré longtemps mais je suis devenu accro aux antidouleurs ensuite.

Son regard chercha le mien et je devinai qu'il voulait jauger ma réaction.

Mon cœur se serra et je fus tentée de fondre en larmes. J'étais déjà submergée par les émotions, et fatiguée. Je dus redoubler d'efforts pour ne pas m'écrouler.

— C'est terrible. Si tu t'inquiètes que ça me rebute, sache que ce n'est pas le cas. Je suis au courant de la crise des antalgiques opiacés, c'était partout aux infos à une époque. Comment ça va maintenant ?

Un petit sourire traversa ses lèvres.

— Ça va. J'ai honte mais heureusement pour moi, j'ai réussi à m'en tirer. Mon médecin de l'époque m'a dit que plus longtemps on prenait des cachets, plus le corps s'habituait et plus il était difficile d'arrêter.

Je déglutis. Je peinais à imaginer combien il avait dû être difficile pour lui de découvrir la trahison de son ami, sans parler de sa blessure et de la douleur.

— Je suis contente que ça aille, murmurai-je.

— Oui, ça va. Et si tu as des questions à ce sujet, que ce soit maintenant ou plus tard, surtout n'hésite pas à me les poser.

Mon cœur battait la chamade dans ma poitrine. Sa façon de parler semblait laisser entrevoir un avenir pour nous, comme si j'aurais l'opportunité d'évoquer ce sujet de nouveau plus tard. Mes émotions étaient chamboulées, et je me contentai donc d'acquiescer.

— Bref, pour ce qui est de l'autre soir. Je ne m'attendais pas du tout à revoir mon ex, évidemment. Elle est venue parce qu'elle est tombée enceinte juste avant la mort de mon ami. Je sais que ce n'est pas mon fils, c'est mathématiquement impossible. Elle me l'a bien confirmé. Bref, Greg était au courant et son fils devrait avoir droit à une pension de survivant. Sauf qu'apparemment, sa famille refuse qu'elle lui soit attribuée. Ils disent que c'est moi, le père. Du coup j'ai accepté de faire un test de paternité pour prouver que ce n'est pas le cas.

J'avais très, *très* envie de croire Elias. Non pas que je pensais qu'il mentait. C'était loin d'être le cas. C'était moi, le problème, et mon incapacité à faire confiance. Je n'avais aucune envie de me retrouver empêtrée dans ce bordel qui n'était même pas le mien.

— D'accord, dis-je en prenant mon café pour en boire une grosse gorgée. Tu n'as pas à me dire tout ça, tu sais.

Elias me scruta en silence et je fus tentée de détourner le regard. Je ne le fis pourtant pas.

— Cammi, je comprends très bien que tu aies pu te dire que je te cachais quelque chose après ce qui s'est passé avec ton ex. C'est pour ça que je te dis tout ça. Je ne t'ai rien caché. Je ne savais même pas que Sandra était enceinte quand Greg est mort.

Je m'éclaircis la gorge, maudissant en silence l'émotion qui la nouait.

— C'est gentil mais ce n'est pas comme si on s'était promis quoi que ce soit. Je ne sais même pas si on se fréquente ou pas. Et je ne te dis pas ça pour te critiquer ou quoi, ajoutai-je rapidement.

— Mais ça va, entre nous ? insista-t-il.

— Oui, bien sûr. Désolée pour ce qui t'est arrivé.

Je savais que mes réponses n'aidaient pas franchement à grand-chose mais j'ignorais comment réagir à tout ça ou quoi dire.

Il haussa les épaules.

— On a tous des problèmes. Ça fait partie de la vie.

J'acquiesçai, parce qu'il avait raison. Après un bref silence, il ajouta :

— C'est vrai qu'on n'a jamais éclairci les choses, mais je veux que tu saches que ce qui se passe entre nous n'est pas juste une aventure sans lendemain pour moi.

Je le fixai, le cœur affolé par l'espoir que je ressentais.

— Euh, d'accord. Mais c'était un peu inattendu, tout ça. Tu m'as quand même évitée pendant des années. Tu me l'as dit toi-même, marmonnai-je, gênée.

J'avais l'impression de couler. J'ignorais quoi lui dire, de quelle façon réagir.

Elias prit ma main de nouveau. La sienne était chaude et je fus tentée de fondre en larmes et de me jeter dans ses bras. Je n'en fis rien, pourtant. Il était hors de question que je me montre si bête et naïve.

— C'est vrai, oui. Mais maintenant que je t'ai parlé

de mes anciennes relations, tu comprends peut-être pourquoi je gardais mes distances. J'étais amer. Je ne me suis jamais autorisé à y réfléchir, mais j'ai toujours su au fond qu'il était possible que je craque pour toi et que je m'emballe. Et cette possibilité est devenue réalité.

Mon cœur battait à tout rompre dans ma poitrine.

— Je comprends mais j'ai un peu les idées embrouillées là, maintenant.

Je me tus pour ravaler la boule d'émotion qui me serrait la gorge.

— Je ne suis pas sûre que je sois prête à avoir une relation. Ce qui s'est passé avec mon ex m'a chamboulée bien plus que je m'y attendais et j'ai besoin de faire le point. D'autant que je suis super occupée. Je vais bientôt signer la vente du *Misty Mountain*.

Rah. C'était horrible. Je ne savais ni quoi dire ni quoi penser et voilà que je lui disais que j'étais « occupée ».

Elias me scruta en silence, presque comme s'il voulait plonger en moi pour capturer mon cœur. Je fus aussitôt tentée de l'entourer d'une muraille.

— T'es occupée ?

Son regard était doux et chaleureux et cela ne fit qu'ajouter à la culpabilité que je ressentais déjà.

— Ouais, murmurai-je d'une voix tremblante.

Son pouce effleura mon poignet avant qu'il ne lâche ma main.

— D'accord, mon cœur. J'attendrai que tu sois prête, dans ce cas.

J'entendis une voiture se garer sur le parking et je lançai un regard à l'horloge. Je devais ouvrir d'ici une minute. Il s'écarta du plan de travail avant de se pencher pour déposer un baiser sur mes lèvres. Cette simple caresse suffit à me foudroyer sur place.

— Je reste dans le coin. Tu peux m'appeler si tu as besoin de quoi que ce soit.

Sur ces mots, Elias s'éclipsa et je me laissai tomber sur mon seau en plastique de nouveau pour profiter de cette dernière minute de liberté pour pleurer. J'ouvris finalement avec cinq minutes de retard puisqu'une seule ne me suffit pas.

Chapitre Vingt-Huit

ELIAS

— Merci, me dit Sandra à l'autre bout du fil.

— Pas de problème, répondis-je.

Je m'arrêtai pour fourrer ma veste dans mon sac avant de sortir du hangar à avion.

— Je sais que tu n'es pas le père mais je t'appellerai quand même quand j'aurai les résultats.

— J'espère que ça t'aidera à arranger les choses avec la famille de Greg.

— Ça devrait, oui.

Il y eut un silence, après quoi Sandra s'éclaircit la gorge.

— Je sais que de l'eau a coulé sous les ponts et que je ne peux pas changer ce qui s'est passé, mais je tiens vraiment à ce que tu saches que je suis désolée.

— Excuses acceptées, répondis-je, sincère.

J'avais tourné la page sur ce qui s'était passé avec Sandra. Peut-être serais-je toujours un peu amer pour ce que mon vieil ami m'avait fait, mais tout le monde faisait des erreurs.

— Quoi qu'il en soit, j'espère que ça ne t'empêchera pas de trouver la femme de ta vie. C'est sérieux, ce qui se passe avec celle que j'ai vue l'autre soir ? demanda-t-elle.

Je songeai à Cammi. À ses yeux bleus, à son odeur de fleurs, à sa force qui se cachait sous sa timidité, à ce que je ressentais lorsque je la prenais dans mes bras.

— Ouais, ça l'est.

— Bon. Je sais que t'es quelqu'un de bien, alors prends soin d'elle.

Sur ces mots, nous raccrochâmes et je me mis en route pour le studio de yoga. Lorsque je passai devant le *Misty Mountain Café* sur la route et aperçus le SUV de Cammi garé sur le parking, je dus me faire violence pour résister à l'envie d'aller la rejoindre pour lui demander des nouvelles. Seuls quelques jours étaient passés depuis notre conversation et je savais qu'elle avait besoin de temps pour digérer. Alors merde, j'allais garder mes distances.

J'étais allé chez le kiné pour me faire masser l'autre jour, espérant que peut-être, rien que peut-être, Cammi serait encore là. Ce n'était pas le cas. L'homme qui s'était occupé de moi avait fait du bon travail mais il était loin d'être aussi doué que Cammi. J'étais en route pour le studio de yoga parce que Flynn m'avait demandé d'y retourner. Ça ne me dérangeait pas, même si je trouvais hilarant que Daphné l'ait persuadé de continuer les cours de yoga.

Une fois encore, je ne pus m'empêcher d'espérer que Cammi serait là. Elle ne l'était pas. Le cours fut agréable, et je ris en silence en voyant Diego faire tout ce qu'il pouvait pour ne pas mater notre prof.

— Elle a dit de regarder droit devant nous, mon pote, murmurai-je, posté à côté de lui.

— Va te faire foutre, marmonna-t-il.

— Je doute que le moment soit bien choisi, contrai-je.

— Tout va bien ici ? demanda Gemma en nous rejoignant.

— Très bien. Diego a juste un doute sur la posture, répondis-je.

Je ne pouvais résister à l'envie de le taquiner.

Mais peut-être que je lui faisais une faveur, au fond, puisque Gemma l'aida à adopter la posture en question. Une fois le cours terminé, nous retournâmes à l'auberge. Nous avions prévu de jouer aux cartes ce soir. Ce n'était peut-être pas l'activité rêvée après un cours de yoga, mais ça me faisait plaisir de passer du temps avec mes amis.

Après avoir dévoré le curry à la noix de coco de Daphné, nous montâmes à l'appartement privé que Flynn partageait avec Daphné et Cat.

— Elle est où, Cat ? demandai-je en me laissant tomber sur le canapé.

— Elle dort chez une copine, m'informa Daphné.

Diego prit place à côté de moi et Gabriel juste en face. Nous étions tous exténués ce soir. Il fallait dire que nous enchaînions les vols depuis quelques jours.

Flynn rejoignit Daphné en cuisine pour déposer un baiser dans son cou. Elle leva la tête pour lui sourire.

— Je vous ai fait des brownies.

— Trop bien ! s'exclama Diego.

— Je t'en prie, dis-moi que t'as de la crème de vanille pour aller avec, implora Diego en s'asseyant.

— Évidemment.

— C'est toi qui l'a faite aussi ? s'enquit Tucker.

Daphné nous rejoignit, les mains posées sur les hanches.

— J'aurais pu mais je n'ai pas eu le temps.

— Où tu vas ? demanda Flynn alors qu'elle mettait ses chaussures.

Daphné lui lança un regard par-dessus son épaule.

— Vous avez une soirée entre mecs alors moi, je vais aller faire un tour chez Nora. On se fait une soirée filles. Même si ce serait bien qu'on ait d'autres filles pour compléter nos rangs.

— Ma sœur emménage l'été prochain, l'informa Tucker.

— Cool. Comme ça on sera trois. Alors que vous, vous êtes six, dit-elle en regardant Grant entrer.

— Six quoi ? demanda-t-il.

— Six garçons qui font semblant d'être des hommes, le taquina Daphné. Bon allez, j'y vais. Amusez-vous bien.

Elle s'éclipsa après un petit geste de la main et nous dévorâmes ses brownies en quelques minutes à peine. Pour notre défense, nous étions tout de même six hommes adultes.

Je m'enfonçai dans le canapé, la jambe posée sur la table basse. Je tournai ma cheville prudemment.

— Comment ça va ? me demanda Diego.

— Pas trop mal. Je ne pense pas que je récupérerai complètement un jour. Je devrais sûrement pouvoir prévoir la pluie avec ma cheville quand je serai vieux.

Diego rit en posant ses cartes.

— T'as eu des nouvelles ?

— Des nouvelles de quoi ? intervint Grant en rangeant ses cartes.

Je soupirai.

— T'es pas au courant ?

— Au courant de quoi ? J'ai passé ces quatre derniers jours à Anchorage.

— Mon ex s'est pointée et j'ai dû faire un test de paternité. Alors bon, il n'y a aucune chance pour que je sois le père, mais ce n'est pas encore officiel, ajoutai-je en voyant Grant écarquiller les yeux.

— Désolé si ma question est bête mais pourquoi il

a fallu que tu fasses un test de paternité s'il n'y a aucune chance pour que tu sois le père ? Et puis c'est quoi cette histoire ? J'y comprends que dalle.

Flynn, qui était assis à côté de Grant, rit. Je ne connaissais pas encore Grant à l'époque où je fréquentais Sandra.

— En gros, j'ai dû faire un test parce que le vrai père de l'enfant est mort, mais que sa famille dispute sa paternité parce qu'elle ne veut pas qu'il touche sa pension de survivant. Ils disent que je suis le père alors que c'est faux.

Grant n'avait l'air que plus troublé encore. Je poursuivis :

— C'est compliqué. Elle me trompait et j'ai rompu avec elle mais elle était déjà enceinte de l'autre mec quand tout ça s'est passé. C'est tout.

Grant but une grosse gorgée de bière avant de pousser un soupir en secouant la tête.

— Eh ben, tu lui donnes un sacré coup de main. Sachant ce qu'elle t'a fait, je ne suis pas certain que j'en aurais fait autant à ta place.

Je haussai les épaules.

— C'est la vie. Ils ont beau m'avoir trahi, je trouve que c'est con d'empêcher ce gamin de recevoir ce qui lui est dû. Il est innocent dans tout ça.

— Et quand est-ce que t'auras les résultats ? intervint Tucker.

— Violet, qui travaille au labo, m'a dit que ça devrait prendre cinq jours. Elle m'a dit que ce serait peut-être plus rapide mais que c'était difficile à prévoir étant donné que c'est Anchorage qui s'occupe des analyses. J'espère avoir des nouvelles rapidement.

— Comment va Cammi ? demanda Flynn, le regard inquisiteur.

Gabriel remporta la partie avant que je puisse répondre. Flynn souffla avant d'insister :

— Alors, Cammi ?

— On fait une pause, répondis-je.

— Elle a flippé en voyant Sandra se pointer de nulle part ? demanda Gabriel.

— On peut dire ça. Je crois qu'elle comprend mais elle m'a dit qu'elle avait besoin de temps, donc j'essaie de la laisser un peu tranquille.

La partie se poursuivit et nous changeâmes de sujet. Diego se tourna vers moi après un moment pour dire :

— Je sais que tu n'as sûrement pas envie d'en parler, mais ça pourrait être bien que tu dises à Cammi ce que tu ressens, tu sais.

— Comment ça ? demandai-je, le ventre noué.

Diego me lança un regard blasé.

— Tout le monde voit bien que t'es fou d'elle. Bon, elle t'a demandé une pause. Tu fais bien de la laisser respirer un peu. Mais t'as tendance à être super protecteur vis-à-vis de tes émotions et là, il est temps que tu les déballes.

S'il y avait une âme sensible dans notre groupe d'amis, c'était bien Diego. C'était le plus sensible d'entre nous, et le plus loyal.

— Je lui ai déjà dit que je pensais qu'il se passait quelque chose de concret entre nous, insistai-je.

Diego leva les yeux au ciel alors que Flynn intervenait :

— T'es sérieux, là ? C'est quoi cette déclaration miteuse ? On dirait que t'es au bord de la combustion spontanée chaque fois que Cammi est dans le coin. Je crois que tu devrais faire plus que lui dire qu'il « se passe quelque chose de concret ».

Diego rit en acquiesçant.

— Voilà, c'est pile ce que je voulais dire.

Chapitre Vingt-Neuf

ELIAS

Le lendemain matin, je me levai tôt pour aller préparer mon avion avant la journée. J'allais enchaîner les livraisons de courrier, aujourd'hui. C'était Nora qui s'occupait de nos plannings en temps normal, et j'appréciais qu'elle s'arrange pour diversifier nos taches. Certains jours, nous emmenions des touristes en balade et d'autres jours, nous pouvions admirer le splendide paysage de l'Alaska en paix alors que nous effectuions des livraisons en tout genre.

Mon téléphone vibra dans ma poche et je le sortis pour jeter un œil à l'écran. Un message de Sandra. *« J'ai reçu les résultats : tu n'es pas le père. Je le savais déjà mais je me suis dit que tu voudrais en être sûr. »*

Je tapai une réponse rapide. *« Merci de m'avoir tenu au courant, j'espère que ça t'aidera. Prends soin de toi. »*

Mon téléphone sonna alors que j'envoyais mon message et je vis qu'il s'agissait de l'hôpital. J'avais retenu le numéro après mon accident de l'hiver dernier.

— Allô ? répondis-je.

— Pourrais-je parler à Elias ?

— Salut, Violet. Je reconnais ta voix, dis-je. J'imagine que tu m'appelles pour les résultats de mes analyses. J'ai déjà appris la nouvelle.

Elle rit.

— Tu n'es pas le père, comme tu t'y attendais. Je sais bien que ce ne sont pas mes affaires, mais j'avoue que je suis un peu curieuse de savoir d'où c'est sorti, tout ça.

Je ris.

— Oh, c'est rien. Une vieille histoire d'amour et des poursuites légales pour priver un gamin de pension en disant que je suis le père. Les choses ne se sont pas franchement bien terminées entre nous mais c'est injuste de faire ça à un enfant, alors j'ai fait ce qu'il fallait pour donner un coup de main.

— T'es un type bien, Elias. Bon, je te laisse. En tout cas, pense à moi si jamais t'as besoin d'une prise de sang un jour.

— Pas de soucis. Prends soin de toi, Violet. Et passe le bonjour à Sawyer, dis-je, parlant de son mari.

— Ça marche. Allez, à plus.

Je raccrochai et glissai mon téléphone dans ma poche. Une seconde plus tard, je le sortis de nouveau pour envoyer un message rapide à Cammi.

« Je voulais juste te prévenir que j'avais eu les résultats. Ça confirme ce que je savais déjà, je ne suis pas le père. J'espère que tu vas bien. Tu me manques. »

Je n'avais pas arrêté d'aller boire mon café du matin au *Red Truck Coffee*. Même si j'avais décidé de lui laisser du temps, j'aurais trouvé étrange de changer ma routine après des années. De tous ces matins, je l'avais croisée à deux reprises. Selon Amy, Cammi était occupée au *Misty Mountain Café* la plupart des jours, en ce moment.

Lorsque je m'envolai dans les cieux quelques minutes plus tard, je réfléchis aux commentaires que m'avaient faits Diego et Flynn la veille.

Il était vrai que j'avais tendance à avoir du mal à m'ouvrir. J'avais déjà l'impression d'avoir fait un énorme effort en disant à Cammi que ce qui se passait entre nous n'était à mes yeux pas une histoire sans lendemain. Mais j'imaginais qu'après ce qu'elle avait vécu, il était normal qu'elle ait encore des réserves.

J'étais en train de décharger une livraison pour un petit village lorsque Stan, dont j'ignorais le nom de famille, arriva sur son quad, un moyen de transport habituel en Alaska. Il tenait le supermarché local et me lança un petit sourire.

— Qu'est-ce que vous avez pour nous aujourd'hui ?

— Une montagne de bouffe, répondis-je dans un sourire.

Stan rit en coupant son moteur, puis il descendit de son quad et m'aida à décharger. Stan était le chef de la tribu du village, à une époque. Il avait bien vieilli depuis, et il me disait qu'il aimait tenir le supermarché pour être au courant des derniers ragots. Je le voyais souvent lorsque je passais livrer le village, et j'avais pris soin de lui amener un café du *Red Truck Coffee* pour l'occasion.

— Attendez, dis-je lorsque nous déchargeâmes la dernière palette.

Je me penchai entre les sièges de l'avion pour en sortir son gobelet de café.

— Tenez, dis-je en le lui tendant.

Stan posa la main sur son torse du même air touché que je voyais souvent chez Diego.

— Oh, ce que c'est gentil ! Cammi est un vrai ange. Son café est un cadeau de Dieu, même si je ne crois pas en Dieu.

Je ris.

— Je suis bien d'accord. Elle a racheté le *Misty Mountain Café*, si vous n'êtes pas au courant.

Il but une gorgée de café avant de sourire.

— Eh ben, elle va avoir le monopole de la ville. Je me demande si les plats qu'elle va servir seront aussi bons que son café.

Je haussai les épaules.

— J'en sais rien mais elle m'a dit qu'elle voulait mettre de la pizza à la carte pour le petit-déj ce qui, selon moi, est plutôt bon signe.

— C'est une très bonne idée, répondit Stan. Vous savez si elle est bonne cuisinière ? Il me semble avoir entendu dire que vous vous fréquentiez ?

Stan était une sacrée potinière. J'ignorais même comment il était au courant pour Cammi et moi. Mais bon, il fallait dire que Diamond Creek était le cœur battant de cette région d'Alaska. C'était l'endroit où se rendait quiconque avait besoin d'aller en ville ou avait envie de changer d'air.

— Comment vous savez avec qui je sors ? m'exclamai-je.

— Je suis un homme influent, je vous signale. Je vous ai vus ensemble à la collecte de fonds, au cas où vous l'auriez oublié.

— Ah mais oui, c'est vrai qu'on s'est croisés là-bas ! J'avais pensé vous rejoindre plus tard pour discuter, mais la soirée est passée à toute vitesse.

— Ça ne m'étonne pas, quand on sait que vous aviez les yeux rivés sur Cammi tout du long. Écoutez-moi bien, dit-il, l'air à la fois sombre et sérieux. C'est une fille bien alors vous n'avez pas intérêt à vous foutre d'elle. J'ai entendu ce qui s'est passé avec le dernier connard qu'elle a fréquenté. Heureusement pour lui que je vis ici et pas là-bas pour lui mettre la misère.

Je n'étais pas étonné que Stan ait presque une attitude paternelle vis-à-vis de Cammi. Il était comme ça. Il avait un grand cœur et c'était d'ailleurs pour ça que nous étions devenus amis si vite lorsque j'avais commencé à bosser pour Flynn. Stan avait même proposé de m'accompagner lors de mes premiers vols pour me présenter aux autres villages du coin.

Je lui souris.

— Stan, je ne suis pas du genre à manipuler qui que ce soit. Je ne ferais pas de mal à Cammi.

Il leva les yeux au ciel.

— Je sais bien. Vous êtes un mec bien, sérieux et responsable. Mais vous êtes aussi un peu... j'en sais rien, mystérieux. J'ai l'impression que vous avez un passé. Et tout ce que je vous demande, c'est de ne pas laisser la merde qui vous est arrivée foutre le bordel entre vous.

Je levai la tête pour regarder le ciel en prenant une grande inspiration. Était-ce vraiment si évident ? Je retrouvai son regard et j'acquiesçai.

— Je vois où vous voulez en venir. J'ai des bagages, c'est vrai. Mais je compte bien faire ce qu'il faut pour l'en protéger.

Il acquiesça avant de me donner une petite tape sur l'épaule.

— C'est tout ce que je voulais entendre. On a tous nos bagages. Moi autant que les autres. J'ai été marié trois fois et là, je me suis remis avec ma première femme. Il m'aura juste fallu... quarante ans pour comprendre que je n'aurais jamais dû la quitter.

J'éclatai de rire.

— Il n'est jamais trop tard pour faire ce qu'il faut, hein ?

— C'est bien vrai. Allez, j'imagine que vous avez pas mal de choses à faire alors je ne vais pas vous retenir plus longtemps. On se voit à votre prochaine livraison. Et n'oubliez pas mon café, dit-il en levant son gobelet rouge dans les airs.

Chapitre Trente

CAMMI

Quelques jours plus tard

Je fixai mon téléphone en relisant le message qu'Elias m'avait envoyé pour la centième fois. Ça me faisait mal de l'admettre, mais une petite partie de moi avait eu peur qu'il ait une mauvaise nouvelle à m'annoncer, finalement. Ce n'était pas le cas. Elias n'était pas le père de l'enfant, comme il me l'avait dit lui-même. Mais j'avais été malgré tout incapable de m'empêcher de m'inquiéter. Je détestais être aussi chamboulée par tout ça.

Je fermai ce message pour en ouvrir un autre, celui-ci de la future ex-femme de Joël.

« *Salut, Cammi. J'ai trouvé ton numéro dans le téléphone de Joël. Il ne sait pas qu'on est en contact et pour être honnête, je me fous qu'il le découvre. Je voulais juste te dire que j'avais officiellement demandé le divorce et que je vais quitter l'État avec les enfants. Je voulais aussi en profiter pour m'excuser encore une fois. Quoi qu'il arrive, n'oublie pas que Joël t'a trahie autant que moi et que toutes les femmes avec lesquelles il a eu une liaison. Je ne sais même pas combien il y en a eu. T'as l'air d'être quelqu'un de bien, alors j'espère que tu ne laisseras pas ce qu'il t'a fait te chambouler trop longtemps. Fais-moi confiance, il n'en vaut pas la peine. T'as mon numéro maintenant alors si t'as besoin de quoi que ce soit, hésite pas à m'appeler. Je ne sais pas franchement ce que je pourrais faire pour toi mais il faut qu'on se serre les coudes, entre nanas. Prends soin de toi.*

Je secouai la tête, mon cœur s'apaisant un peu plus chaque fois que je lisais son message.

Je posai mon téléphone et ouvris le classeur d'échantillons de peinture que j'étais allée chercher au magasin de bricolage. J'avais signé la vente en avance, comme prévu. Heureusement, aucun des employés n'avait démissionné, si bien que le *Misty Mountain Café* tournait sans trop de mal. Susie me donnait un coup de main pour mettre en place un système de paie pour remplacer celui qu'ils utilisaient déjà.

Avec les frais liés à la transition et mon prêt, j'étais plus que soulagée de pouvoir compter sur une amie en laquelle j'avais toute confiance pour m'aider.

J'avais prévu de repeindre l'endroit avant l'arrivée massive des touristes pour l'été. Je pensais le faire le soir après la fermeture, un mur à la fois. J'étais plongée dans la comparaison des échantillons de peinture lorsque j'entendis quelqu'un toquer à la fenêtre. Je levai la tête et vis mes amies, Risa et Jessa, me faire signe.

Je posai mes échantillons et j'allai déverrouiller la porte pour les faire entrer.

— Qu'est-ce que vous faites ici, toutes les deux ?

Risa écarta sa frange noire en souriant.

— On est venues s'éclater.

— Soirée entre filles. On n'a plus rien fait depuis

des mois. On pensait se réunir ici si ça ne te dérange pas, ajouta Jessa.

Risa gérait la galerie *Midnight Sun Arts* située non loin de port. Elle était mariée au chef de la police du coin, Darren Thomas, et était aussi la sœur de Trey Holden, le mari d'Emma. Jessa, de son côté, appartenait à la famille des Hamilton, propriétaire du gîte *Last Frontier*. Elle était mariée à Eli Brooks, qui gérait la boutique d'équipement sportif. Diamond Creek serait toujours une petite ville. Bien que je n'avais pas grandi avec elles, ces deux femmes étaient mes amies et faisaient partie de mon cercle de proches.

J'avais envoyé un message à Risa plus tôt dans la journée pour lui demander son avis sur les échantillons.

— Je me suis dit qu'on pourrait regarder tes échantillons et traîner ensemble, expliqua-t-elle.

— Avec plaisir, répondis-je.

N'importe quoi pour oublier un peu Elias.

Je verrouillai la porte de nouveau et leur fis signe de me suivre jusqu'au comptoir où j'avais étalé les échantillons, devant la machine à café. Risa et Jessa se mirent aussitôt à les examiner. Si Risa gérait une galerie d'art, Jessa, elle, était artiste. Elle vendait de superbes meubles peints à la galerie du coin ainsi qu'à celles d'Anchorage et de San Francisco. Elle était drôle, et très créative.

— Je pense que ça pourrait être bien d'avoir un mur d'accent dans une couleur vive, comme du prune. Et tu pourrais garder les autres murs plus neutres, en gris clair ou crème. Le crème serait bien pour réchauffer l'espace. Tu comptes accrocher des tableaux sur les murs ? demanda Risa en balayant la pièce du regard.

J'acquiesçai, les mains sur les hanches.

— Je voulais vous parler de ça aussi, justement. Je me disais que ça pourrait être sympa d'exposer des peintures à vendre sur les murs et de les faire tourner de temps en temps.

Risa tapa dans ses mains.

— Très bonne idée. J'avais suggéré la même chose aux anciens proprios, mais ils ne voulaient pas se prendre la tête avec les commissions. On pourrait faire passer les transactions par ma galerie, et tu recevrais un pourcentage des ventes. T'en penses quoi ?

— Très bonne idée, répondis-je avec un sourire.

Puis je me tournai vers Jessa et j'ajoutai :

— On pourrait aussi se servir de tes meubles pour décorer l'espace. Ce serait idéal pour faire ta pub. T'en penses quoi ?

— Très bonne idée, répondit Jessa, nous imitant Risa et moi.

Nous rîmes ensemble avant de nous remettre à étudier les échantillons.

— Je crois que t'as raison pour le mur d'accent. On pourrait peut-être faire ça sur le mur derrière la caisse et garder les autres plus neutres pour qu'ils se marient mieux aux œuvres d'art.

Elles acquiescèrent, puis un sourire vint éclairer le visage de Jessa.

— Ah, au fait, j'ai commandé des pizzas et Emma apporte le vin, expliqua-t-elle. Susie et Hannah ne devraient plus tarder, et Jess est aussi en route.

———

Nos pizzas arrivèrent rapidement et Emma nous rejoignit peu de temps après avec du vin, déclarant qu'elle l'avait acheté pour pouvoir boire à travers nous étant donné qu'elle-même n'y avait pas droit. Il fallait dire qu'elle était enceinte jusqu'aux yeux.

Une fois installées, Tess demanda :

— Alors, comment t'as trouvé la collecte de fonds ?

— Très bien, répondis-je. Tes collectes sont toujours très sympas. L'Alaska a de la chance de t'avoir.

Tess était venue en Alaska pour des vacances et était tombée amoureuse de Nathan au cours de son séjour. Bien que l'Alaska était immense et peu peuplé, elle faisait un travail formidable pour organiser ces collectes et faire leur publicité en ligne ainsi qu'auprès des communautés les plus grandes.

— Ce n'était pas ce que je voulais dire, répondit Tess dans un sourire. Je voulais savoir si tu t'étais bien amusée avec Elias ?

J'eus l'impression que toutes mes amies se tournèrent pour me regarder comme un seul homme. Je bus une gorgée d'eau. J'aurais préféré un bon verre d'alcool, mais je conduisais.

— Ouais, c'est allé. Mais on fait une pause le temps que je remette de l'ordre dans mes idées.

— Comment ça ? insista Tess.

Emma intervint aussitôt :

— Laissons-la tranquille. Elle n'a sûrement pas envie de discuter de ça devant tout le monde.

— Non, c'est bon. En gros, j'ai un peu pété les plombs quand son ex s'est pointée. Elle voulait qu'il fasse un test de paternité mais elle savait déjà qu'il serait négatif. Elle en avait besoin parce que le vrai père de l'enfant, un vieil ami d'Elias qui s'était tapé sa copine dans son dos, est mort. Sa famille veut empêcher le gamin de toucher sa pension de survivant. Ils disent que c'est Elias, le père.

— Oh, quelle horreur, dit Tess.

Jessa, qui était assise à côté de moi, me serra la main.

— Sacrée histoire. Mais bon, je ne vois pas pourquoi tu l'as repoussé, du coup ?

Je mangeai une bouchée de pizza avant de répondre :

— Ben j'ai un peu flippé. Je pensais qu'il me cachait un truc. D'autant qu'on n'avait même pas encore mis de mots sur ce qui se passait entre nous. Et après Joël... enfin bref, je lui ai dit qu'il allait me falloir du temps pour digérer tout ça.

— Et t'as digéré, c'est bon ? intervint Susie.

Je lui lançai un regard noir.

— J'y travaille.

Susie ouvrit la bouche pour renchérir mais Emma l'interrompit.

— Pourquoi tu lui mets la pression ? Tu sais bien que ça ne sert à rien. Ça ne t'a pas franchement aidée quand Jared et toi vous tourniez autour, si ?

Susie eut la grâce d'avoir l'air désolée et elle me lança un petit sourire gêné.

— Désolée. C'est juste que j'aimerais bien vous voir ensemble. Il a l'air dingue de toi.

La conversation se poursuivit et nous changeâmes de sujet, le groupe se séparant quelques heures plus tard. Emma s'attarda après le départ des autres.

Je passai l'éponge sur la table à laquelle nous nous étions installées et elle me donnait un coup de main en silence. Après un moment, elle commenta :

— Ça te prendra le temps que ça te prendra, compris ?

Je fronçai les sourcils.

— De quoi tu parles ?

— Pour te refaire confiance.

J'avais l'impression d'être tombée sur une pièce de puzzle tout à coup, mais j'ignorais encore quoi en faire.

— Pour me refaire confiance ? demandai-je.

— Ouais. Ce n'est pas faire confiance aux autres le plus important. C'est se faire confiance à soi pour savoir quand quelqu'un est bien pour nous. Moi, j'ai l'impression que tu fais confiance à Elias, mais que tu peines à avoir confiance en toi.

Mon cœur se serra tout à coup.

— Ce n'est pas facile de savoir quand une relation commence, ajouta-t-elle.

— Je ne sais même pas si on était en couple.

Je jetai mon torchon dans la corbeille de linge sale que je laverais le lendemain. Je commençais déjà à développer une routine, ici. Lorsque je lui lançai un regard, je la vis se frotter le dos.

— Tu devrais t'asseoir, suggérai-je.

Emma me lança un regard fatigué.

— Je passe tout mon temps assise et ça me saoule. J'en suis à un stade où je ne suis pas à l'aise, quoi que je fasse.

— C'est quand déjà, le terme ? Bientôt, non ?

— Le dix mai, donc il me reste quelques semaines.

— T'es sûre que t'as pas besoin de t'asseoir ? insistai-je.

Emma acquiesça.

— Certaine. Et on parlait de toi, je te signale.

J'avais beau ne pas avoir envie de parler d'Elias, je préférais encore ça à la regarder en regrettant de ne pas être enceinte moi-même. Ça me faisait mal de rêver de quelque chose qui pourrait ne jamais arriver. J'aurais aussi préféré être heureuse pour mon amie plutôt que de jalouser son futur bébé.

Si elle remarquait mon tumulte intérieur, Emma décida de l'ignorer. Elle soutint mon regard.

— Tu n'avais peut-être pas prévu de fréquenter quelqu'un, mais il me semble que c'est ce qui se passait. Parle-lui. On peut avoir confiance en son jugement et se tromper quand même. Tu n'as rien fait de mal. Ce n'est pas de ta faute si Joël, ou Brad ou je ne sais comment il s'appelle, t'a menti sur qui il était. Tu ne peux pas passer ta vie à redouter que tous ceux que tu croises te mentent forcément. C'est vraiment pas marrant, tu peux me faire confiance là-dessus.

Emma avait elle-même connu une relation abusive quelques années plus tôt. Bien que je n'en connaisse pas les détails, je savais qu'elle avait dû faire preuve d'une grande force pour s'en tirer et se reconstruire ensuite.

— Je peux te poser une question ?

J'acquiesçai et elle poursuivit :

— Qu'est-ce que tu dirais à une amie qui serait dans la même situation que toi ?

Une autre pièce du puzzle.

— Ben, je lui dirais que ce n'est pas sa faute. Mais je n'arrive pas à croire que je ne me sois rendu compte de rien.

Je soupirai, prête à lui donner toutes les raisons pour lesquelles je peinais à avoir confiance en moi, mais le regard fixe d'Emma m'en dissuada. J'avais l'impression de m'accrocher à quelque chose qui n'avait pas le moindre sens.

— Oublions un peu que t'es raide dingue d'Elias.

Un sourire traversa ses lèvres et une lueur espiègle vint illuminer son regard. Elle poursuivit :

— Est-ce que tu dirais à une amie que tu peux avoir confiance en lui ?

J'acquiesçai avant même de m'en rendre compte. Parce que je savais sans l'ombre d'un doute qu'Elias était digne de confiance. Même lorsqu'il était grognon, je savais que c'était un homme bien.

— Absolument, murmurai-je.

Chapitre Trente-Et-Un

ELIAS

Je m'arrêtai au *Red Truck Coffee* pour prendre mon café et fus déçu de constater que Cammi était absente, ce matin. Bien qu'elle avait répondu à mon dernier message, je n'avais plus eu de nouvelles depuis.

J'avais des choses à lui dire, et j'étais déchiré entre le fait de respecter son besoin de temps et mon envie de lui dire ce que je ressentais. J'étais encore interloqué par la vitesse à laquelle je m'étais attaché à elle. Même si bon, je supposais que je m'étais attaché à elle dès l'instant où j'avais commencé à fréquenter son café.

— Coucou Elias, m'interpella une voix par-dessus mon épaule.

Je me tournai pour trouver Emma et Trey Holden derrière moi. Trey était pilote, lui aussi, et Flynn venait de racheter son avion ainsi que ses clients.

— Comment ça va, mon pote ? s'enquit Trey dans un sourire.

— Ça va. Je suis en route pour le hangar. J'ai une livraison à faire ce matin et une balade avec des touristes dans l'après-midi, expliquai-je. On va survoler le glacier.

Emma sourit.

— Je suis vraiment contente que vous ayez racheté son avion. Comme ça il peut passer plus de temps à la maison au lieu d'être constamment au travail.

— Ça doit te faire du bien de pouvoir te reposer un peu, dis-je à Trey. L'accouchement est prévu pour quand, déjà ?

Trey sourit.

— Le dix mai.

— Mais j'espère que le petit bout arrivera avant, intervint Emma en riant.

C'était la grossesse d'Emma qui avait poussé Trey à vendre. Il gérait un petit cabinet d'avocat en plus de son avion. Les deux cumulés, je n'avais pas de mal à imaginer que son emploi du temps devait être surchargé en été.

— C'est tout ce que je te souhaite, répondis-je.

— C'est à qui ? appela Amy.

Je levai la main.

— Tu connais ma commande.

Amy me répondit d'un sourire désolé.

— En fait c'est Cammi qui est douée pour se rappeler des commandes des gens. Vous pouvez me rappeler ce que vous prenez ?

— Oh, ce n'est rien. Tu ne peux pas te souvenir de tout.

Je lui donnai ma commande rapidement avant de lancer un regard dans mon dos.

— Je vous offre votre café. Commandez ce que vous voulez.

— T'es sûr ? demanda Trey.

— Oui, pas de problème.

— Bon, je vais juste prendre un thé dans ce cas, demanda Emma.

Trey passa commande après quoi nous nous écartâmes pendant qu'Amy préparait nos boissons.

Elle nous servit quelques minutes plus tard et nous regagnâmes nos voitures. Trey était garé juste à côté de moi. Il monta en voiture et je m'apprêtais à en faire autant lorsqu'Emma m'empoigna par le coude.

— Oui ?

— Cammi repeint le *Misty Mountain Café* après la fermeture.

— Ah ?

Je ne savais pas trop quoi faire de cette information.

Elle acquiesça.

— Je suis sûre qu'elle ne dirait pas non à un petit coup de main.

Comme j'étais un homme et un peu lent d'esprit, je demandai :

— Est-ce que t'essaies de me dire quelque chose ?

Emma soupira et j'entendis Trey rire alors qu'elle ouvrait sa portière pour monter en voiture.

— Évidemment qu'elle essaie de te dire quelque chose, intervint-il.

Emma acquiesça.

— Oh que oui. Allez, bonne chance.

Troublé, je pris la route pour me rendre au travail. Ce soir-là, je décidai d'écouter la suggestion d'Emma et je me dirigeai vers le *Misty Mountain Café* avant de rentrer. Le parking situé devant le café était vide à l'exception du SUV de Cammi.

Les lumières extérieures étaient éteintes mais je pouvais la voir travailler à travers les fenêtres. Elle portait une jupe, un T-shirt et des chaussures de tennis, et elle était debout sur un escabeau alors qu'elle peignait le haut du mur situé derrière la caisse.

J'attendis qu'elle baisse le bras pour toquer à la porte afin d'éviter de lui faire peur. Elle se tourna aussitôt et écarquilla les yeux lorsqu'elle me vit. Puis elle posa son pinceau et leva le doigt pour me faire signe d'attendre avant de descendre de son escabeau.

Elle ouvrit la porte une minute plus tard. Mon cœur battait si fort dans ma poitrine que je craignis un instant qu'il me casse une côte. Bordel, ce qu'elle m'avait manqué.

Elle avait un peu de peinture sur la joue et elle avait attaché ses cheveux en ce qui devait être une queue de cheval, mais qui était presque entièrement défaite.

— Coucou.

La voix mélodieuse de Cammi résonna dans tout mon corps, enchanteresse.

— Coucou.

Je restai planté là comme un idiot et elle haussa les sourcils d'un air interrogateur.

— Je peux entrer ? demandai-je.

— Bien sûr.

Elle s'écarta et j'entrai, après quoi elle ferma et verrouilla la porte.

Je balayai l'espace du regard. Le café était tel que dans mes souvenirs, même si je peinais à me rappeler quand j'étais venu pour la dernière fois. Je préférais de loin aller boire mon café au *Red Truck Coffee*.

— Tu vas tout repeindre ? demandai-je en retrouvant son regard.

Cammi acquiesça en s'essuyant le front à l'aide du dos de sa main.

— Un mur par nuit. C'est tout ce que je peux faire étant donné que je suis toute seule.

Nous nous regardâmes en silence un moment et mon cœur se mit à battre la chamade alors que mon désir embrasait tout mon corps. Bon sang, ce que j'avais envie de l'embrasser.

— Alors, ça te fait quoi d'être devenue propriétaire des lieux ?

J'avais besoin de me concentrer sur autre chose. N'importe quoi pour oublier la sensation de ses lèvres sur les miennes.

Elle se tourna pour scruter la salle. Lorsque son regard retrouva le mien, elle haussa les épaules.

— J'en sais encore trop rien. Je n'aurais jamais imaginé faire ça un jour et voilà que c'est là.

— Tu m'as manqué.

Je changeai de sujet brusquement sans même m'en rendre compte. Mes sentiments avaient apparemment décidé d'être entendus.

Elle me regarda en silence, l'air électrique autour de nous. Elle rougit légèrement et un petit sourire étira ses lèvres.

— Tu m'as manqué, toi aussi. J'allais t'appeler, justement.

Désireux de vérifier que je ne lui mettais pas la pression, j'ajoutai :

— Je ne te disais pas ça pour que tu en fasses autant. Je suis prêt à te laisser tout le temps qu'il te faudra mais j'espérais juste pouvoir te dire quelque chose.

Elle devint complètement silencieuse alors que mon cœur s'affolait, et je me mis à me demander si je n'en avais pas trop fait.

— Hé, je ne voulais pas...

Cammi secoua la tête et je me tus aussitôt.

— Je me demandais juste quels mots mettre sur ce que j'avais à dire, m'expliqua-t-elle. Tu me manques. Et je crois que si j'ai paniqué, c'est plus parce que j'ai du mal à avoir confiance en moi plutôt que par manque de confiance en toi. Je sais que t'es un homme bien et je sais que tu ne m'as rien caché. Je suis désolée d'avoir... pété les plombs. Tout ça m'a un peu prise par surprise, j'avoue.

Un sentiment de joie vint se mêler à celui de luxure qu'elle évoquait toujours en moi.

— Je t'ai prise par surprise ?

— Bah ouais, t'as toujours été... j'en sais rien, grognon et distant. Et on n'a jamais parlé de ce qui se passait entre nous ou de ce qu'on était l'un pour l'autre. Je ne voulais pas te mettre la pression. Les choses se sont passées si vite. Même si bon, je te connaissais déjà.

Je me rapprochai d'elle et pris ses mains dans les miennes. Bon sang, ce que c'était bon de la toucher de nouveau.

— Ceci explique cela. Je te connaissais déjà.

— Comment ça, « ceci explique cela » ?

— Ça explique pourquoi je suis tombé amoureux de toi. Ce n'est pas arrivé aussi vite que tu le penses mais plutôt au ralenti. Jusqu'à ce que mon cœur reçoive le message et se mette à la page.

Ses joues étaient rouges et elle me regardait, les yeux écarquillés et la bouche grande ouverte.

— Tu viens de... tu... bégaya-t-elle.

Puis elle secoua la tête et ferma la bouche.

— Je te dis juste ce que je ressens. La rumeur dit que je suis souvent un peu lent à la détente. Je sais que ce qui s'est passé avec mon ex a...

Cette fois, ce fut Cammi qui secoua la tête. Elle libéra l'une de ses mains des miennes pour aller effleurer mes lèvres.

— Tu n'as rien fait de mal. Sans le traumatisme de

ma dernière relation, je n'aurais jamais réagi comme ça. Tout s'est bien terminé, au fait ?

J'acquiesçai en prenant sa main dans la mienne de nouveau.

— Oui, ne t'inquiète pas.

J'aurais envie de rester agrippé à elle pour toujours, même si je savais cela impossible.

Ses jolis yeux bleus cherchèrent les miens, après quoi elle se pencha pour déposer un baiser sur ma mâchoire. Lorsqu'elle recula, elle dit :

— Je crois que je suis tombée amoureuse de toi sans m'en rendre compte, moi aussi.

Elle déglutit avant de prendre une grande inspiration, comme pour rassembler son courage.

— Je t'aime, Elias.

Mon cœur s'affola dans ma poitrine et je m'approchai pour la prendre dans mes bras lorsqu'elle secoua la tête.

— Ce n'est pas tout.

Elle fronça les sourcils, clignant des yeux à toute vitesse, l'air soudain nerveuse.

— Qu'est-ce qu'il y a ?

— Je veux des enfants, dit-elle, ses mots se précipitant sur ses lèvres. C'est mon rêve et je veux que tu le saches. Si toi tu ne veux pas d'enfants, tu devrais me le dire maintenant.

Elle avait les larmes aux yeux et je l'entendis déglutir. Je restai surpris un moment. Non pas parce qu'elle voulait des enfants, mais parce que je ne m'étais pas attendu à avoir cette conversation maintenant. J'inspirai et je réfléchis un instant. Le truc, c'était que j'avais été persuadé de ne plus jamais tomber amoureux. Mais c'était la seule et *unique* raison qui m'avait poussé à me dire que je n'aurais jamais d'enfants. Avant d'être submergé par l'amertume, je m'étais imaginé avoir une famille un jour. Et envisager un tel avenir avec Cammi m'était aisé.

Je fis courir mes doigts le long de sa mâchoire.

— Je n'y ai jamais trop réfléchi, mais uniquement parce que je ne m'attendais pas à tomber amoureux. Si tu veux vraiment des enfants, je suis partant.

Elle me fixa intensément. Je n'avais pas remarqué qu'elle retenait son souffle jusqu'à ce qu'elle soupire longuement. Elle pressa son front contre mon torse et je la pris dans mes bras pour l'enlacer.

— Je vais te mettre de la peinture partout, murmura-t-elle contre mon épaule.

— Hé, j'ai passé la journée en avion, je suis dégueulasse. Ce n'est pas grand-chose, un peu de peinture.

J'adorais le son de son rire. Mais même si j'avais envie de me montrer romantique, avec Cammi dans mes bras, là, comme ça, mon corps semblait avoir une tout autre idée. J'étais en train de me dire qu'il fallait que je la lâche pour remettre de l'ordre dans mes idées lorsqu'elle glissa la main sous mon T-shirt. Le simple fait de sentir sa paume sur ma peau embrasa mon corps.

Nos lèvres se trouvèrent aussitôt et je dévorai sa bouche chaude et douce. Nous nous séparâmes un moment plus tard, à bout de souffle et un rire sur les lèvres.

Je la pris dans mes bras et la portai pour la faire asseoir sur un bout de comptoir qui n'était pas encombré.

— Elias ! s'exclama-t-elle alors que je caressais ses jambes douces et remontai sa jupe.

— Quoi ?

Je me penchai pour déposer des baisers ardents dans son cou, satisfait de la sentir se cambrer contre moi en gémissant.

— On pourrait nous voir, murmura-t-elle lorsque je levai la tête.

Je glissai ses cheveux derrière son oreille et fis courir mon pouce sur ses lèvres. Puis je lançai un regard dans mon dos avant de secouer la tête.

— Mais non, t'inquiète. Si quelqu'un vient à la porte, on ne verra que l'échelle et la grosse pancarte. Allez, il faut qu'on baptise ton nouveau café.

La langue de Cammi humecta ses lèvres, après quoi elle me sourit.

— Bon d'accord, mais il va falloir faire vite.

— Pas de problème. Je doute pouvoir tenir bien longtemps, de toute façon. Tu m'as trop manqué.

Sur ces mots, j'écartai sa culotte en soie trempée en la glissant près de moi sur le plan de travail. Elle ouvrit ma braguette rapidement et je gémis en sentant sa paume douce s'enrouler autour de mon manche.

— Dépêche, m'ordonna-t-elle.

Je réalisai soudain ne pas avoir de préservatif. J'étais venu pour dire à Cammi ce que je ressentais, sans me rendre compte de la tournure que les choses risquaient de prendre.

Je pressai mon front contre le sien et l'embrassai furieusement.

— Je n'ai pas de capote, mon cœur. Je ne pensais pas en avoir besoin.

Elle me rapprocha d'elle, la respiration haletante.

— J'ai un implant et je te jure que je suis clean. Je me suis fait dépister pour tout après ce qui s'est passé avec mon ex.

Je déposai un autre baiser sur ses lèvres.

— C'est comme tu le sens. Je te promets que je suis clean aussi.

— Dépêche, murmura-t-elle, avide.

J'adorais qu'elle me donne des ordres. Je positionnai ma queue à son entrée et la pénétrai d'un profond coup de reins. Mes genoux tremblèrent.

— Oh, Cammi, soufflai-je.

Sa féminité douce et chaude me procurait un plaisir indescriptible.

Nous nous lançâmes dans une course effrénée vers l'extase, à moitié déshabillés et ses jambes enroulées autour de ma taille. Je la sentis pulser autour de moi et je glissai la main entre nous pour caresser son bouton de plaisir gonflé. Elle cria en jouissant et je la rejoignis bientôt alors que le plaisir me submergeait. Puis je l'enlaçai de toutes mes forces alors que mon cœur affolé s'apaisait lentement.

Nous nous rhabillâmes rapidement, après quoi Cammi me fit faire le tour du propriétaire. Puis elle me demanda de partir afin de pouvoir terminer de peindre le mur dont elle avait choisi de s'occuper ce soir.

Je n'avais aucune envie de la quitter, aussi je lui demandai :

— Et si on repeignait tout le café ce soir ?

Elle écarquilla les yeux.

— Pardon ? Je doute que ce soit possible.

Je haussai un sourcil dubitatif.

— Mon amour, il y a quatre murs et un plafond, que tu ne vas sûrement pas peindre, si ?

Elle acquiesça.

— Mais...

— Occupe-toi des bords et moi je me charge du reste. T'as déjà fait les bords de ce mur-là. À nous deux, on devrait en avoir pour quelques heures, tout au plus.

Je la vis se mordre l'intérieur de la joue alors qu'elle balayait la pièce du regard.

— Je suis partante. Au moins, ce sera fait et je

n'aurai pas à rester tard tous les soirs alors que je dois me lever aux aurores pour le travail. Mais c'est quand même beaucoup te demander, non ?

Je secouai la tête et la pris dans mes bras, un sourire aux lèvres.

— Mais non. Je ne vais pas rester là à te regarder faire pour pouvoir rentrer avec toi. Autant que je te donne un coup de main.

Chapitre Trente-Deux

CAMMI

Je regardai la salle de mon café, les mains sur les hanches. Elle était terminée, tous les murs repeints, et c'était magnifique. J'avais déjà hâte d'y pendre mes nouveaux tableaux.

Elias était en train de ranger dans la remise, juste derrière la cuisine. Je lançai un dernier regard aux murs avant de le rejoindre. Il était en train de faire tremper les pinceaux et refermait tout juste le dernier pot de peinture que nous avions utilisé. Il était évident qu'il avait déjà fait ça par le passé à en juger par son incroyable efficacité. Nous avions fini par échanger nos rôles après un moment, afin qu'il puisse repeindre le haut des murs tandis que je m'occupais du bas. Il était bien plus rapide que moi, étant donné qu'il était plus grand et n'avait pas besoin de se tortiller dans tous les sens.

— Merci encore, dis-je en le rejoignant.

Il ferma le pot de peinture d'un coup de marteau avant de se redresser.

— C'est quand tu veux, mon cœur. J'adore bricoler.

Je ris en prenant sa main libre.

— C'est vrai, ça ?

— Véridique, oui.

Il lança un regard à l'horloge.

— Il est presque minuit. Allons nous coucher.

Quelque temps plus tard, je m'endormis blottie contre son torse musclé. Je savais déjà combien il était agréable de dormir contre lui mais les choses étaient différentes, ce soir. Pour une fois, mon esprit n'était pas encombré de doutes et de questions. Je savais ce que je ressentais, et j'avais confiance en mes émotions. Lui faire confiance me semblait si facile.

ÉPILOGUE

Cammi

— T'es sûre ?

Tess acquiesça, faisant danser ses boucles sur ses épaules.

— Certaine. T'es splendide.

Je me tournai de nouveau, scrutant mon ventre arrondi dans le miroir. J'allais avoir un mariage forcé. Sauf que personne ne me forçait, et que j'étais au comble du bonheur. J'étais juste enceinte. Et Elias ne voulait pas attendre plus longtemps. Moi non plus, d'ailleurs. Ce n'était pas que j'avais eu envie de repousser l'échéance, mais nous avions tous deux été très occupés.

Avec ma nouvelle affaire, j'avais eu l'impression de passer l'année à courir. Heureusement pour moi, j'avais pu m'endormir au creux des bras d'Elias tous les soirs. Lorsque nous nous étions enfin trouvés, nous n'avions pas perdu de temps.

Comme il passait la nuit chez moi presque tous les soirs, j'avais fini par lui dire de s'installer avec moi. Il l'avait fait, un mois après que nous eûmes baptisé mon nouveau café.

Lui enchaînait les vols pendant que je travaillais d'arrache-pied, répartissant mon temps entre mon camion et mon nouveau café. J'adorais notre vie, parce que je savais que lui aussi. La seule chose qui me déplaisait était le fait qu'il doive parfois passer la nuit loin de moi pour le travail. Mais c'étaient les aléas du quotidien, et je m'en accommodais sans mal tant mon bonheur était grand.

Nous avions pensé qu'il faudrait peut-être attendre un moment pour que je tombe enceinte après le retrait de mon implant. Mais mon corps en avait de toute évidence décidé autrement, tout comme les spermatozoïdes hyperactifs d'Elias. Un mois et demi plus tard à peine, j'étais enceinte. De jumeaux.

Ma robe de mariée avait déjà dû être retouchée deux fois, et je commençais à m'inquiéter que le rendu n'était pas terrible.

— T'es une vraie bombe, dit Susie en entrant. C'est hyper sexy, une mariée enceinte.

— Tu crois ? demandai-je en inspectant mon ventre rond dans le miroir de nouveau.

— Oh que oui. Et vous avez bien fait de ne pas trop attendre parce que tu vas être énorme d'ici quelques mois, d'autant plus que t'attends des jumeaux, répondit Susie.

Hannah entra à ce moment-là et elle donna une tape sur l'épaule de Susie.

— Non mais t'es sérieuse, toi ? Pourquoi tu lui prends la tête avec ça maintenant ? Laisse-la un peu profiter de sa grossesse.

Susie leva les yeux au ciel en glissant ses cheveux derrière son oreille.

— Elle a déjà bien profité. Elle n'a même pas de nausées matinales.

Emma entra.

— Dehors, ordonna-t-elle. La cérémonie va commencer.

Emma était une amie en or. Une présence apaisante chaque fois que je me laissais submerger par l'angoisse. Ce n'était pas le fait d'épouser Elias qui me faisait peur, plutôt l'importance du moment. Je n'aurais jamais imaginé trouver mon âme sœur. J'avais été convaincue de devoir abandonner mon rêve de fonder une famille un jour.

Quelques minutes plus tard, je me retrouvai debout devant Elias. Nous n'étions pas dans une église, mais dans la beauté de la nature. Si mes parents n'étaient pas là pour assister à la cérémonie, elle se tenait au moins sur leur ancienne propriété, que j'avais pu acheter avec Elias quelques semaines seulement après que nous nous fûmes installés ensemble. En plus de nos amis et de sa famille, nous avions invité le médecin qui m'avait prise pour la petite amie d'Elias lorsqu'il avait été hospitalisé. Il avait vu juste, après tout.

La météo était de notre côté. C'était une journée ensoleillée avec une agréable brise en provenance de l'océan.

J'oubliai presque nos invités alors que mon regard croisait celui d'Elias et je me perdis dans ses yeux ardents alors qu'il disait, « Je le veux ».

ELIAS

Nora attrapa le bouquet de pivoines, les fleurs préférées de Cammi. Leurs pétales se répandirent par terre, puisque les pivoines, en plus de sentir très bon, étaient fragiles. Un peu comme Cammi.

— Qu'est-ce que je vais faire de ça ? demanda Nora en regardant le bouquet, une grimace aux lèvres.

Ma sœur, Faith, rit.

— On dirait bien que tu vas tomber amoureuse.

Nora lui lança un regard noir.

— C'est ça, ouais. Je ne crois pas en l'amour, moi.

Sa relation secrète avec Gabriel devait connaître quelques turbulences, ces temps-ci.

Diego, qui se tenait à côté d'elle, plaqua une main sur son cœur.

— Comment est-ce que tu peux dire ça ? Il n'y a rien de plus vrai que l'amour. Tu ne crois pas en Elias et Cammi ?

Nora fixa Diego d'un air dur.

— Bien sûr que si. Tout ce que je veux dire, c'est que ce n'est pas pour moi, l'amour. Je ne suis pas faite pour ça.

Diego posa la main sur son épaule, qu'il serra.

— Tu finiras par trouver ton âme sœur aussi, t'inquiète.

Nora le fusilla du regard mais je ne m'attardai pas. C'était le jour de mon mariage, et je comptais bien fêter l'occasion avec mon épouse.

Je me lançai à la recherche de Cammi dans la foule. Nous avions organisé notre réception au gîte *Last Frontier*. La salle était assez grande pour recevoir tous nos invités, et ils avaient refusé de nous faire payer un centime, surtout parce que nous leur envoyions souvent des clients.

Je trouvai Cammi en grande conversation avec ma mère et Marley. Je glissai le bras autour de sa taille, incapable de résister à l'envie de caresser son ventre rond. Elle était foutrement sexy, enceinte. Je n'aurais jamais imaginé avoir un truc pour les femmes enceintes. Et ce n'était d'ailleurs pas le cas. Aucune femme ne me faisait cet effet en dehors de Cammi. Tout mon corps était électrisé par sa simple présence.

Ma mère nous sourit. Elle se portait mieux depuis qu'elle avait démissionné, ce qui nous avait beaucoup soulagés, mes sœurs et moi.

— Je suis vraiment heureuse pour vous deux.

Elle se pencha pour me pincer la joue.

— Mon petit homme a été un cynique pendant si longtemps que je n'y croyais plus.

Puis elle se tourna vers Cammi.

— Et c'est grâce à toi, s'il a changé. Je t'en suis vraiment profondément reconnaissante.

Cammi sourit en glissant le bras autour de ma taille.

— J'ai beaucoup de chance.

Deux ans plus tard

Un cri perçant déchira l'air. Je venais tout juste de passer la porte et j'avais les bras remplis de sacs de courses. Je m'arrêtai et j'attendis. Comme je m'y attendais, un autre cri résonna quelques secondes plus tard après quoi j'entendis des bruits de pas précipités se diriger vers moi. Je souris au milieu du chaos.

— Doucement ! appela Cammi.

— C'est rien, répondis-je.

J'avais monté un petit comptoir à côté de la porte de la cuisine le mois dernier pour la seule et unique raison que je voulais avoir un endroit où déposer les courses en rentrant. Il était non seulement pratique, mais il m'avait en plus permis de faire plaisir à Cammi étant donné qu'elle m'avait demandé un plan de travail plus bas pour pâtisser.

Je me débarrassai de mes sacs de courses in

extremis alors que mon fils se jetait contre mes jambes. Je me penchai et pris Eli dans mes bras que je jetai dans les airs. Il éclata de rire. Je connaissais mes enfants par cœur, aussi je le reposai juste à temps pour rattraper Darla.

Nous avions su que Cammi attendait des jumeaux mais nous avions décidé d'attendre leur naissance pour découvrir le sexe. Nous avions donc eu la surprise de découvrir de faux jumeaux, un garçon et une fille. Darla, qui avait le prénom de sa grand-mère, était née avec deux minutes d'avance sur son frère. C'était donc techniquement la grande sœur, et elle n'avait pas peur de bousculer son frère alors même qu'ils n'avaient que deux ans.

— Papa, papa ! appela-t-elle en tentant de prendre l'un des sacs de courses.

Je l'éloignai rapidement.

— Oui ?

— Tu nous as acheté de la glace ? demanda Eli.

— Peut-être. On verra ça après manger.

Cammi vint nous rejoindre en cuisine et elle approcha pour déposer un baiser dans mon cou. Je glissai le bras autour de sa taille et la pressai contre moi.

Elle se laissa faire, un rire aux lèvres.

— Ta journée s'est bien passée ?

— Je l'ai passée dans les airs, alors oui. Et la tienne ? dis-je en glissant le nez dans son cou pour inspirer son odeur. Tu sens le sucre.

— On a fait des cookies ce matin, dit-elle en souriant. C'était un peu la guerre mais ils sont bons.

Elle hocha la tête en direction du plan de travail et je me tournai pour y découvrir une montagne de cookies aux formes diverses et variées qui étaient en train de fusionner les uns avec les autres en un cookie gigantesque.

— Oh, un gâteau-cookie, dis-je en souriant.

Nos jumeaux étaient déjà retournés au salon en courant, qui était relié à la cuisine par une arche, nous permettant de garder un œil sur eux. L'avantage avec eux, c'était qu'ils s'occupaient l'un l'autre, ce qui nous permettait, à Cami et à moi, de nous retrouver l'espace de quelques minutes ici et là.

Je glissai les cheveux de Cammi derrière son oreille.

— Tu as fait garder les petits cet après-midi ?

— Oui, je les ai confiés à ta mère pour pouvoir m'occuper un peu de mes commandes.

Cammi était constamment occupée, entre son camion qui était ouvert de mars à novembre et le café qu'elle tenait toute l'année. Mais j'adorais ce chaos, et je ne voudrais pas que notre vie change pour rien au monde. Les jumeaux remplissaient notre vie. Nous avions parfois du mal à nous retrouver rien que tous les deux, mais ça ne me dérangeait pas. Parce que ces moments-là étaient de fait privilégiés. Ma mère était venue s'installer dans le coin pour nous aider avec les jumeaux, si bien que nous pouvions respirer un peu, sans parler de nos amis qui étaient toujours prêts à donner un coup de main.

— Dommage qu'elle ne les ait pas gardés pour la nuit, murmurai-je en déposant une volée de baisers dans le cou de Cammi.

Elle rit en se cambrant contre moi, haletante.

— Elle doit revenir les chercher dans vingt minutes, en fait.

— Ah oui ?

Cammi m'esquiva alors que je tentai de l'embrasser de nouveau.

— Oui. T'as oublié ? On sort avec Daphné et Flynn ce soir.

— On devrait annuler, rétorquai-je.

Elle me donna une tape sur l'épaule.

— Non. On leur a dit qu'on serait là.

— Bon, on peut rentrer tôt alors ? insistai-je.

Je pris sa main dans la mienne et la blottis contre moi. Elle rit et j'en profitai pour lui voler un baiser passionné. Lorsque je m'éloignai, ses yeux brillaient d'une lueur espiègle.

— Ce que tu peux être impatient.

— Toujours, en ce qui te concerne.

Merci d'avoir lu l'histoire de Cammi & Elias - j'espère que vous l'avez aimée !

Inscrivez à ma newsletter ! Vous pouvez lire deux scènes exclusives de mes autres séries :

Le Match - Scène Bonus

Brûle Pour Moi - Scène Bonus

Ou inscrivez-vous à ma newsletter directement ici : https://jh-croix.ck.page/45405038d4

Découvrez l'histoire de Diego & Gemma dans le prochain tome de la série Des risques à prendre.

Diego est le parfait archétype du héros : renversant et surprotecteur, avec des muscles saillants. De quoi faire fondre n'importe quelle fille.

Il a même un côté bad-boy, lui qui passe son temps sur sa moto ou dans le cockpit d'un avion, à survoler l'Alaska. C'est un homme, un vrai. Lorsqu'il rencontre Gemma, il tombe aussitôt sous son charme, et ça tombe bien : elle a justement besoin d'un homme pour l'aider à se relever.

1-click. UPDATE TITLE

À PROPOS DE L'AUTEUR

J.H. Croix est une auteur sur la liste des meilleures ventes USA Today, elle vit dans le Maine avec son mari et leurs deux chiens gâtés. Croix écrit des romances contemporaines à couper le souffle avec des femmes fortes et des hommes alphas qui n'ont pas peur de montrer leurs émotions. Son amour des petites villes et des personnages qui y vivent habite sa prose. Baladez-vous dans les folles romances de ses bestsellers!

jhcroixauthor.com
jhcroix@jhcroix.com